民国国学文库
MIN GUO GUO XUE WEN KU

白居易诗

BAI JU YI SHI

傅东华　选注

祝祚钦　校订

长江出版传媒｜崇文书局

图书在版编目(CIP)数据

白居易诗 / 傅东华选注；祝祚钦校订. 一武汉:崇文书局，

2014.8(2023.1重印)

（民国国学文库）

ISBN 978-7-5403-3433-8

Ⅰ.①白… Ⅱ.①傅… ②祝… Ⅲ.①唐诗－诗集 Ⅳ.①I222.742

中国版本图书馆 CIP 数据核字(2014)第 136572 号

民国国学文库　白居易诗

MINGUO GUOXUE WENKU　BAI JUYI SHI

出版发行:崇文书局

地　　　址:武汉市雄楚大街 268 号 C 座 11 层

印　　　刷:湖北画中画印刷有限公司

开　　　本:880mm×1230mm　1/32

印　　　张:8

版　　　次:2014 年 8 月第 1 版

印　　　次:2023 年 1 月第 2 次印刷

定　　　价:46.80 元

总　序

冯天瑜

作为汉字古典词，"国学"本谓周朝设于王城及诸侯国都的贵族学校，以与地方性、基层性的"乡校""私学"相对应。隋唐以降实行科举制，朝廷设"国子监"，又称"国子学"，简称"国学"，有朝廷主持的国家学术之意。

时至近代，随着西学东渐的展开，与来自西洋的"西学"相比配，在汉字文化圈又有特指本国固有学术文化的"国学"一名出现。如江户幕府时期（1601—1867）的日本人，自18世纪起，把流行的学问归为三类：汉学（从中国传入）、兰学（从欧美传入，19世纪扩称洋学）、国学（从《古事记》《日本书纪》发展而来的日本固有学术）。19世纪末、20世纪初，中国留日学生与入日政治流亡者，以及活动于上海等地的学人，采借日本已经沿用百余年的"国学"一名，用指中国固有的学术文化。1902年梁启超（1873—1929）撰文，以"国学"与"外学"对应，强调二者的互动共济，梁氏曰："今日欲使外学之真精神普及于祖国，则当转输之任者，必邃于国学，然后能收其效。"（《论中国学术思想变迁之大势》）1905年国粹派在上海创办《国粹学报》，公示"发明国学，保存国粹"宗旨。这里的"国学"意为"国粹之学"。该刊发表章太炎（1869—1936）、刘师培（1884—1920）、陈去病（1874—1933）等人的经学、史学、诸子学、文字训诂方面文章，以资激励汉人的民族精神与文化自信。从此，中国人开始在"中国固有学术文化"意义上使用"国学"一词，为"国故之学"的简称。所谓"国故"，指中国传统的学术文化之故实，此前清人多有用例，如魏源（1794—1857）认为，学者不应迷恋词章，学问要从"讨朝章、讨国故始"（《圣武记》卷一一），这"讨国故"的学问，也就是后来所谓之国学。

经清末民初诸学者（章太炎、梁启超、罗振玉、王国维、刘师培、黄侃、陈寅恪等）阐发和研究，国学所涉领域大定为：小学、经学、史学、诸子、文学，约与现代人文学的文、史、哲相当而又加以综汇，突现了中国固有学术整体性特征，可与现代学校的分科教学相得益彰、彼此促进，故自 20 世纪初叶以来，"国学"在中国于起伏跌宕间运行百年，多以偏师出现，而时下又恰逢勃兴之际。

中国学术素有"文、史、哲不分家"的传统，中国学术的优势与缺陷皆与此传统相关。百年来的中国学校教育仿效近代西方学术体制，高度分科化，利弊互见。其利是促进分科之学的发展，其弊是强为分割知识。为克服破碎大道之弊，有人主张打通文、史、哲壁垒，于是便有综汇中国人文学的"国学"之创设，并编纂教材，进于学校教育、家庭教育、社会教育，其先导性教材结集，为 20 世纪 20 年代至 30 年代原商务印书馆由王云五策划并担任主编的《万有文库》之子系《学生国学文库》。所收均为四部重要著作。略举大凡：经部如诗、礼、春秋，史部如史、汉、五代，子部如庄、孟、荀、韩，并皆刊入；文辞则上溯汉、魏，下迄近代，诗歌则陶、谢、李、杜，均有单本，词则多采五代、两宋。丛书凡60册，已然囊括了"国学"之精粹。其鲜明之特色是选注者掺入了对原著的体味，经史诸书选辑各篇，以表见其书、其作家之思想精神、文学技术、历史脉络者为准。其无关宏旨者，概从删削、剔抉。选注者中不乏叶圣陶、茅盾、邹韬奋、傅东华这样的学界翘楚。他们对传统国学了然于胸，于选注自然是举重若轻，驾轻就熟。这样一份业经选注者消化、反刍的国学精神食粮自然更便于国学入门者吸收。

这样一套曾在20世纪初在传播传统文化、普及国学知识方面起到重要作用的丛书即便今天来看也是历久弥新。崇文书局因应时势，邀约深谙国学之行家里手于原辑适当删减、合并、校勘，以30册300余万言，易名《民国国学文库》呈献当今学子。诸书均分段落，作标点，繁难字加注音，以便省览。诸书原均有注释，古籍异释纷如，原已采其较长者，现做适当取舍、增删。诸书较为繁难、多音多义之字，均注现代汉语拼音，以便讽诵。诸书卷首，均有选注者序，述作者生平、本书概要、参考书举要等，凡所以示读者研究门径者，不厌其详，现一仍其旧。

这样一套入门的国学读物，读者苟能熟读而较之，冥默而求之，国学之精要自然神会。

是为序。

校订说明

丛书原名《学生国学文库》，为 20 世纪二三十年代商务印书馆王云五主编《万有文库》之子系，为突显其时代印记现易名为《民国国学文库》，奉献给广大国学爱好者。

原丛书共 60 种，考虑到难易程度、四部平衡、篇幅等因素，在广泛征求专家意见基础上，现删减为 34 种 30 册，基本保留了原书的篇章结构。因应时势有极少量的删节。

原文部分，均选用通用、权威版本全文校核，参以校订者己见做了必要的校核和改订。为阅读的通顺、便利，未一一标注版本出处。

注释根据原文的结构分别采用段后注、文后注，以便读者省览。原注作了适当增删，基本上保持原文字风格，之乎者也等虚词适当剔除，增删力求通畅、易懂，避免枝蔓。典实、注引做了力所能及的查证，但因才学有限疏漏可能在所难免。

原书为繁体竖排，现转简体横排。简化按通行规则，但考虑到作为国学读物，普及小学知识亦在情理之中，故而保留了少量通假字、繁体字、异体字，一般都出注说明，或许亦可增加读者的阅读兴趣和扩大知识面。

生僻、多音字作相应注音，原反切、同音、魏妥玛注音，均统一改现代汉语拼音。

国学读物校订，工作浩繁，往往顾此失彼，多有不当处，还望读者指正。

丛书校订工作由余欣然统筹。

绪　言

白居易，字乐天，以唐代宗大历七年（772）正月二十日生于郑州新郑县（今河南新郑县）之东郭宅①。距李白之卒十年，杜甫之卒二年。

他的一生遭际，没有杜甫那样的颠沛流离，也没有李白那样的腾跌波折。他在世七十五年，大约一径是——

寒有衣，饥有食；给身之外，施及家人②，过的是一种平淡的生活。所以他的诗里，常常表现一种满足的情绪，而不见什么非常的色彩。

关于他的少年生活，记载不多。我们只晓得他五六岁便学为诗③，又晓得他的少时作品（如《王昭君》等诗），便已显出他的作风的特色了。

他九岁的时候，父季庚公授徐州彭城（今江苏铜山）令，未几，以功拜徐州别驾。但他似乎到十一二岁的时候，才离开生长的地方，随到他父任所④。此后的三四年里，他因避难游于越中，集中的江南诗——如《江南送北客诗》——皆是此时所作。

他十五六岁初到京师，便以"野火烧不尽，春风吹又生"两名句惹起人的注意⑤。

他的科第生活，始于二十八岁（贞元十五年）。其时他兄幼文为浮梁（今江西浮梁）主簿，他随到任所，为宣城（今安徽宣城）守所贡⑥。明年，进士及第。又后年（贞元十九年），部试以拔萃科及第，授校书郎。彼时他在长安常乐里得一故宅居之：

茅屋四五间，一马二仆夫。俸钱万六千，月给亦有余。既无衣食牵，亦少人事拘⑦。

好像已觉得很是满足，但他的官吏生活，实才方始开场。从此继续到老，差不多未尝间断。

宪宗元和元年（年三十五），他除盩厔（今陕西周至）尉。明年，为集贤院校理，旋授翰林学士。又明年，除左拾遗。他生平最得意的那些讽谕诗（《新乐府》五十首在内），就是这个时候的产物。他做这些诗的动机，是因为"身是谏官，月请谏纸。启奏之间，有可以救济人病，裨补时阙，而难于指言者，辄咏歌之，欲稍稍进闻于上。上以广宸听，副忧勤；次以酬恩奖，塞言责；下以复吾平生之志。"⑧所以他改官之后，此类讽谕的作品也就不作。大概也因"不在其位，不谋其政"罢？

此后他因丁母丧，官吏生活暂时间断，退居渭村三年（年四十至四十二）。服阕后，入朝拜太子左赞善大夫（年四十三）。明年，以事贬江州（今江西九江）司马，在任前后三年，最可纪念的，就是因他的《琵琶引》一作，遂使浔阳江成为一个"诗的"地名了。

四十四岁的冬天，除忠州（今四川忠县）刺史，自浔阳浮江而上，使得那极易感发诗人的三峡，又平添了许多诗的纪念。

自忠州召还（四十六岁之冬）后，历任尚书司门员外郎，主客司郎中知制诰，加朝散大夫，转上柱国，除中书舍人知制诰。这在他的诗里都有纪述。及至五十一岁（穆宗长庆二年），始出为杭州刺史。诗人与名胜因缘际会，西子湖边的诗迹，增添不少。所以他秩满临去的时候，也颇有恋恋不舍之意⑨。

自此他历任左庶子（年五十三），苏州刺史（年五十四至五十五），秘书监（年五十六），刑部侍郎（年五十七），太子宾客（年五十八至五十九），河南尹（年六十至六十二），太子少傅（年六十五至七十一），至七十一（会昌二年）岁时始以刑部尚书致仕，退居洛阳之履道里，自号香山居士⑩。越四年而卒，时穆宗会昌六年（846）八月，年七十五岁。

白居易的诗，要算是诗人当中流传最广的了。据他最好的朋友元稹说：

二十年间禁省观寺邮候墙壁之上无不书，王公妾妇牛童马走之口无不道；至于缮写模勒，炫卖于市井，或持之以交酒茗者，处处皆是⑪。

他自己也说：

自长安抵江西三四千里，凡乡校、佛寺、逆旅、行舟之中，往往有题仆诗者；士庶、僧徒、孀妇、处女之口，每有咏仆诗者⑫。

所以能如此流传之广者，大概就由于他的作风平易明畅，妇孺能解之故。但是这几个字的考语，并不足以尽他的诗的特色。我们要明白他的诗的真正特色，最好拿他自己论诗的话去研究他。

他是主张"文章合为时而著，歌诗合为事而作"的⑬。换句话说，他以为凡诗必皆为讽刺而作，否则便失风人之旨。所以他举例说：

设如"北风其凉"，假风以刺威虐；"雨雪霏霏"，因雪以悯征役；"棠棣之华"，感华以讽兄弟；"采采苤苢"，美草以乐有子也。皆兴发于此，而义归于彼，反是者可乎哉？然则"余霞散成绮，澄江净如练"，"归花先委露，别叶乍辞风"之什，丽则丽矣，吾不知其所讽焉。

因此他批评自己的诗，只承认《新乐府》《秦中吟》，及其他讽谕诗是好的；他批评杜甫的诗，只承认"《新安》《石壕》《潼关吏》《芦子关》《花门》之章"是好的。

而且他主张诗不但须含讽刺，并且要刺得鲜明，露骨；那种含蓄蕴藉的刺法，他便不取。所以他批评杜甫的诗，就只取他"朱门酒肉臭，路有冻死骨"一类彻头彻尾的句子。他自己的诗，也必定要将诗旨赤裸裸的说出，不肯用一点的含蓄。例如《新丰折臂翁》，写到"万人冢上哭呦呦"一句，本来已可终止，但他必定要把"老人言，君听取……"一段加上，藉以点明"戒边功也"的本旨。又如《隋堤柳》，到"沙草和烟朝复暮"一句，也可收梢。他却定要加上"后王何以鉴前王？请看隋堤亡国树"两句，好像非此不足以显出"悯亡国也"的本旨似的。至如《宿紫阁山北村》的结句"主人慎勿语，中尉正承恩"，与杜甫《丽人行》的结句"炙手可热势绝伦，慎莫近前丞相嗔"一样含蓄不尽，那要算是他集中绝无仅有的作风了。

这种露骨的讽刺法，照艺术的眼光看起来，实在是一种毛病；作者的《新乐府》和其他讽刺诗，如能把这种露骨的句子除去，它们的艺术价值必定还要高得多。但是他既养成这样一种露骨的作风，在不是讽刺的诗里便得着极好的成功了。

我们晓得诗的生机大约是由两种方法构成的：一种是文字以外的境式气象（前者例如陶渊明，后者例如李白），不必黏着文字，自然能够不朽。这是上乘，虽经用别种文字翻译，也仍旧能够生存。还有一种，是须靠着文字的暗示力和装饰，一经翻译做别种文字，便须丧失大部分或竟全部的生机。我们看白居易的诗，境式和气象两者都无足取；他的文字，又是洗净铅华且并无强烈的暗示的。那末他靠什么呢？就靠能够露骨。这种骨是什么呢？简单说起来，就是诗趣。"诗趣"这个名词很难解说。举例说，如"天地玄黄，宇宙洪荒；日月盈昃，辰宿列张"，虽是韵语，却无诗趣；因为它只陈述客观的东西，而无诗人的"我"存在其中。至如：

闻虫唧唧夜绵绵，况是秋阴欲雨天；犹恐愁人暂得睡，声声移近卧床前[14]。

虫本无知，岂有意欲人不睡？诗人不寐，夜静虫声愈明，一若移近卧床，因而捉住诗趣了。这样的诗趣，原是凡真正的诗都有的，特不过白居易的诗别的都无依傍，单靠这一点诗趣以为生机,而且他的点明诗趣,因在平易明畅的文字之中,又因他喜欢露骨的性格,所以比别的诗人格外显得明白。这就构成他的诗的特征。故他在自己所得意的讽刺诗里的毛病,正是别的诗里的好处,这大概是出于他意料之外的。

现在再举数例如下:

自嗟名利客,扰扰在人间。何事长淮水,东流亦不闲[15]?

诗趣在哪里?

汉使却回凭寄语,黄金何日赎蛾眉?君王若问妾颜色,莫道不如宫里时[16]。

诗趣在哪里?读者执此以读白诗,思过半矣。至于他的叙事长诗,如《长恨歌》《琵琶引》等,那又须从一段一句里去寻出它的诗趣,因为在这样的长诗里,点眼的地方并不止一处。

1927 年 12 月,东华于杭州

----

①见自撰墓志。　②见《与元稹书》。　③见《与元九书》。　④《宿荥阳》诗云:"生长在荥阳,少小辞乡国……去时十一二,今年五十六。"　⑤《赋得古原草送别》诗句。《全唐诗话》云:顾况见此二句,叹服延誉。　⑥见《送权秀才序》。　⑦《常乐里闲居,偶题十六韵》。　⑧见《与元九书》。　⑨见《余杭形胜》等诗。　⑩香山在今洛阳市龙门山之东。　⑪元稹《白氏长庆集序》。　⑫《与元九书》。　⑬此及以下各引句,均见《与元九书》。　⑭《闻虫》。　⑮《问淮水》。　⑯《王昭君》之一。

凡 例

本书编选，以清汪立名编《白香山诗集》为据。

原集前后集及别集补遗，共收诗二千七百九十首，兹编所选，计五百四十九首，约占全集五分之一。选择标准，大抵凭编者主观的趣味，认为最精彩者录之。

集诗以编年为上，白集各诗年代，亦多可考，编年未始不可能。惟原集"讽谕"、"闲适"、"感伤"、"律诗"等类名，及"格诗"（包括古风、歌行、乐府）、"律诗"之分列，似是作者编次之本意（见《与元稹书》及《后集自序》），故是本仍依原集编次，分为前后两编（前编当长庆集，后编当后集），而各类名目，亦悉仍其旧。

白诗称"老妪能解"，似无须笺注；向来集本，亦皆无注。唯是编为便学生诵习起见，于其中典故，仍一一为之注出，以免检索之苦。至于浅陋之处，还希博学者有以匡正之。

目　录

讽谕古调诗

讽谕乐府

闲适古调诗

感伤古调诗

伤感歌行曲引杂体

律　诗

格　诗

律　诗

讽谕古调诗

观刈麦①

田家少闲月，五月人倍忙。夜来南风起，小麦覆陇黄。妇姑荷箪②食，童稚携壶浆③。相随饷田去，丁壮在南冈。足蒸暑土气，背灼炎天光。力尽不知热，但惜夏日长。复有贫妇人，抱子在其傍。右手秉遗穗，左臂悬弊筐。听其相顾言，闻者为悲伤。家田输税尽，拾此充饥肠。今我何功德，曾不事农桑。吏禄三百石，岁晏有余粮。念此私自愧，尽日不能忘。

---

①自注：时为盩厔（今陕西周至）县尉（参看序言）。刈（yì）：割。　②箪：盛饭圆竹器。　③浆：饮料也。

宿紫阁山①北村

晨游紫阁峰，暮宿山下村。村老见予喜，为予开一尊②。举杯未及饮，暴卒来入门。紫衣挟刀斧，草草十余人。夺我席上酒，掣我盘中飧。主人退后立，敛手反如宾。中庭有奇树，种来三十春。主人惜不得，持斧断其根。口称采造家，身属神策军。主人慎勿语，中尉正承恩③。

①紫阁山：在唐代京城长安西南百余里，是终南山的一座有名的山峰。　②尊：同"樽"，酒器。　③《旧唐书·职官志》："贞元（785—802）中，将置神策军护军中尉，以中官为之，时号两军中尉。贞元以后，中尉之权，倾于天下，人主废立，皆出其可否。"又《宦官传》："窦文场霍仙鸣者，始事德宗……贞元十二年六月，特立护军中尉两员，中护军两员，以帅禁军。乃以文场为左神策护军中尉，仙鸣为右神策护军中尉……时窦霍之权，振于天下：藩镇节将，多出禁军；台省清要，时出其门。"

悲 哉 行①

悲哉为儒者，力学不知疲。读书眼欲暗，秉笔手生胝。十上②方一第，成名常苦迟。纵有宦达者，两鬓已成丝。可怜少壮日，适在穷贱时。丈夫老且病，焉用富贵为？沉沉朱门宅，中有乳臭儿。状貌如妇人，光明膏粱肌。手不把书卷，身不摄③戎衣。二十袭封爵，门承勋戚资。春来日日出，服御何轻肥！朝从博徒饮，暮有倡楼期。平封④还酒债，堆金选蛾眉。声色狗马外，其余一无知。山苗与涧松，地势随高卑。古来无奈何，非君独伤悲。

①《悲哉行》，古乐府杂曲歌辞之一。《歌录》云："《悲哉行》，魏明帝造。"　②《战国策》："苏秦说秦王，书十上而说

不行。"　　③擐（huàn）：穿。　　④平封：一作"评封"。平，评价；封，封地也，读去声。

采地黄者

麦死春不雨，禾损秋早霜。岁晏无口食，田中采地黄①。采之将何用？持以易糇粮。凌晨荷锄去，薄暮不盈筐。携来朱门家，卖与白面郎。与君啖肥马，可使照地光②。愿易马残粟，救此苦饥肠。

①地黄：草名，曝干则色黑，即药中生地，蒸熟者即熟地。②言马毛润泽照地有光也。

村居苦寒

八年①十二月，五日雪纷纷。竹柏皆冻死，况彼无衣民。回观村闾间，十室八九贫。北风利如剑，布絮不蔽身。唯烧蒿棘火，愁坐夜待晨。乃知大寒岁，农者尤苦辛。顾我当此日，草堂深掩门。褐裘覆绝②被，坐卧有余温。幸免饥冻苦，又无垄亩勤。念彼深可愧，自问是何人！

①宪宗元和八年时，作者退居渭村。　　②绝（shī）：粗绌也，即今绵绸之属。

丘中有一士二首

　　丘中有一士，不知其姓名。面色不忧苦，血气常和平。
每选隙地居，不蹋要路行。举动无尤悔，物莫与之争。藜藿
不充肠，布褐不蔽形。终岁守穷饿，而无嗟叹声。岂是爱贫
贱？深知时俗情。勿矜罗弋巧，鸾鹤在冥冥。

　　丘中有一士，守道岁月深。行披带索衣①，坐拍无弦
琴②。不饮浊泉水，不息曲木阴③。所逢苟非义，粪土千黄
金。乡人化其风，熏如兰在林。智愚与强弱，不忍相欺侵。
我欲访其人，将行复沉吟④。何必见其面？但在学其心。

----

　　①《列子·天瑞》："荣启期行乎郕之野，鹿裘带索，鼓琴
而歌。"言其衣破弊，如带绳索也。　　②梁萧统《陶渊明传》：
"渊明不解音律，而蓄无弦琴一张。"　　③陆机《猛虎行》："渴
不饮盗泉水，热不息恶木阴。"　　④沉吟：迟疑不决也。

新制布裘

　　桂布白似雪，吴绵软于云。布重绵且厚，为裘有余温。
朝拥坐至暮，夜覆眠达晨。谁知严冬月，支体暖如春。中夕
忽有念，抚裘起逡巡。丈夫贵兼济，岂独善一身？安得万里
裘，盖裹周四垠？稳暖皆如我，天下无寒人。

寄隐者

　　卖药向都城，行憩青门①树。道逢驰驿者，色有非常惧。亲族走相送，欲别不敢住。私怪问道傍，何人复何故？云是右丞相，当国握枢务。禄厚食万钱，恩深日三顾。昨日延英②对，今日崖州③去。由来君臣间，宠辱在朝暮。青青东郊草，中有归山路。归去卧云人，谋身计非误。

----

　　①青门：长安东门也。　　②延英：殿名。《唐六典》："大明宫宣政殿之右曰西上阁，次西曰延英门，其内之左曰延英殿。"③崖州：今海南三亚。

放　鱼

　　晓日提竹篮，家童买春蔬。青青芹蕨下，叠卧双白鱼。无声但呀呀①，以气相煦濡②。倾篮写③地上，拨剌④长尺余。岂唯刀机忧？坐见蝼蚁图。脱泉虽已久，得水犹可苏。放之小池中，且用救干枯。水小池窄狭，动尾触四隅。一时幸苟活，久远将何如？怜其不得所，移放于南湖。南湖连西江，好去勿踟蹰。施恩即望报，吾非斯人徒。不须泥沙底，辛苦觅明珠。

----

　　①呀呀：张口貌。　　②煦（xù）：吹也。濡：润也。③写：倾也。　　④拨剌：同"泼剌"，鱼跃声。

续古诗十首

戚戚复戚戚，送君远行役。行役非中原，海外黄沙碛。伶俜独居妾，迢递长征客。君望功名归，妾忧生死隔。谁家无夫妇？何人不离拆？所恨薄命身，嫁迟别日迫。妾身有存殁，妾心无改易。生为闺中妇，死作山头石①。

---

①《幽明录》："武昌北山上有望夫石，状若人立。古传云：'昔有贞妇，其夫从役，远赴国难，饯送此山，立望夫而化为立石。'因名焉。"

掩泪别乡里，飘飖将远行。茫茫绿野中，春尽孤客情。驱马上丘陇，高低路不平。风吹棠梨花，啼鸟时一声。古墓何代人，不知姓与名。化作路傍土，年年春草生。感彼忽自悟，今我何营营？

朝采山上薇，暮采山上薇①。岁晏薇亦尽，饥来何所为？坐饮白石水，手把青松枝。击节②独长歌，其声清且悲。枥马非不肥，所苦常絷维。豢豕非不饱，所忧竟为牺。行行歌此曲，以慰常苦饥。

---

①《史记·伯夷列传》："武王已平殷乱，天下宗周，而伯夷、叔齐耻之，义不食周粟，隐于首阳山，采薇而食之。"

②击节：谓击板拍以节调歌曲也。

雨露长纤草，山苗高入云。风雪折劲木，涧松摧为薪。风摧此何意？雨长彼何因？百丈涧底死，寸茎山上春。可怜苦节士，感此涕盈巾。

窈窕双鬟女，容德俱如玉。昼居不逾阈①，夜行常秉烛。气如含露兰，心如贯霜竹。宜当备嫔御，胡为守幽独？无媒不得选，年忽过三六。岁暮望汉宫，谁在黄金屋②？邯郸进倡女③，能唱黄花曲。一曲称君心，恩荣连九族。

①阈：门限也。《左传》："妇人送迎不出门，见兄弟不逾阈。"　②《汉武故事》："武帝为太子时，长公女欲以女配帝，问曰：'得阿娇好否？'帝曰：'或得阿娇，当以金屋贮之。'"③《古乐府》："上有双樽酒，作使邯郸倡。"邯郸，战国时赵国所都。

栖栖①远方士，读书三十年。业成无知己，徒步来入关。长安多王侯，英俊竞攀援。幸随众宾末，得厕门馆间。东阁有旨酒，中堂有管弦。何为向隅客，对此不开颜？富贵无是非，主人终日欢。贫贱多悔尤，客子终夜叹。归去复归去，故乡贫亦安。

①栖栖：犹皇皇，急迫之貌。《论语》："丘何为是栖栖者与？"

凉风飘嘉树，日夜减芳华。下有感秋妇，攀条苦悲嗟。我本幽闲女，结发①事豪家。豪家多婢仆，门内颇骄奢。良人近封侯，出入鸣玉珂②。自从富贵来，恩薄谗言多。家妇独守礼，群妾互奇邪③。但信言有玷，不察心无瑕。容光未销歇，欢爱忽蹉跎。何意掌上玉，化为眼中砂。盈盈一尺水，浩浩千丈河。勿言小大异，随分有风波。闺房犹复尔，邦国当如何？

----

①结发：束发也，自幼之意。《汉书·李广传》："自结发与匈奴战。"　　②玉珂：马具，以贝为之，色白似玉，故名。张华诗："乘马鸣玉珂。"　　③奇邪：不正也。《周礼》："去其淫怠与其奇邪之民。"

心亦无所迫，身亦无所拘。何为肠中气，郁郁不得舒。不舒良有以，同心久离居。五年不见面，三年不得书。念此令人老，抱膝坐长吁。岂无盈尊酒，非君谁与娱？

揽衣出门行，游观绕林渠。澹澹春水暖，东风生绿蒲。上有和鸣雁，下有掉尾鱼。飞沉一何乐，鳞羽各有徒。而我方独处，不与之子①俱。顾彼自伤己，禽鱼之不如。出游欲遣忧，孰知忧有馀？

----

①之子：犹言是人。《诗经》："之子于归。"

春旦日初出，曈曈耀晨辉。草木照未远，浮云已蔽之。天地黯以晦，当午如昏时。虽有东南风，力微不能吹。中园何所有？满地青青葵。阳光委云上，倾心欲何依①？

━━━━━━━━━━━━━━

①言葵性向日，而日为云所蔽，则虽欲倾向，亦何所依乎？

秦中吟十首 并序

贞元、元和之际，予在长安，闻见之间，有足悲者。因直歌其事，命为《秦中吟》。

议　婚①

天下无正声，悦耳即为娱。人间无正色，悦目即为姝。颜色非相远，贫富则有殊。贫为时所弃，富为时所趋。红楼富家女，金缕绣罗襦。见人不敛手，娇痴二八初。母兄未开口，已嫁不须臾。缘窗贫家女，寂寞二十余。荆钗不直钱，衣上无真珠。几回人欲聘，临日又踟蹰。主人会良媒，置酒满玉壶。四座且勿饮，听我歌两途。富家女易嫁，嫁早轻其夫。贫家女难嫁，嫁晚孝于姑。闻君欲娶妇，娶妇意何如？

━━━━━━━━━━━━━━

①一作《贫家女》。

重　赋①

厚地植桑麻，所要济生民。生民理布帛，所求活一身。
身外充征赋，上以奉君亲。国家定两税②，本意在爱人。厥
初防其淫，明敕内外臣。税外加一物，皆以枉法论。奈何岁
月久，贪吏得因循。朘③我以求宠，敛索无冬春。织绢未成
匹，缫丝未盈斤。里胥迫我纳，不许暂逡巡。岁暮天地闭④，
阴风生破村。夜深烟火尽，霰雪白纷纷。幼者形不蔽，老者
体无温。悲喘与寒气，并入鼻中辛。昨日输残税，因窥官库
门。缯帛如山积，丝絮似云屯。号为羡余物，随月献至尊。
夺我身上暖，买尔眼前恩。进入琼林⑤库，岁久化为尘。

----

　　①一作《无名税》。　　②唐德宗时，杨炎为相，遂作两税
法，令以钱输税，分夏秋两期取之；夏输无过六月，秋输无过
十一月，置两税使以总之。　　③朘（juān）：剥削。　　④《易
经》："天地闭，贤人隐。"　　⑤琼林：唐代宫廷库贮。所贮为
金银珠宝。

伤　宅①

谁家起甲第，朱门大道边。丰屋中栉比，高墙外回环。
累累六七堂，栋宇相连延。一堂费百万，郁郁起青烟。洞房
温且清，寒暑不能干。高堂虚且迥，坐卧见南山。绕廊紫藤
架，夹砌红药栏。攀枝摘樱桃，带花移牡丹。主人此中坐，
十载为大官。厨有臭败肉，库有贯朽钱。谁能将我语，问尔

骨肉间。岂无穷贱者，忍不救饥寒？如何奉一身，直欲保千年？不见马家宅，今作奉诚园②！

①一作《伤大宅》。　　②元稹《奉诚园诗》："萧相深诚奉至尊，旧居求作奉诚园。"自注：奉诚园，马司徒旧宅。按：马司徒，马周也，太宗时为中书令，旋摄吏部尚书。

伤　友①

陋巷孤寒士，出门苦恓恓②。虽云志气高，岂免颜色低？平生同门友，通籍在金闺③。曩者胶漆契，迩来云雨睽。正逢下朝归，轩骑五门西。是时天久阴，三日雨凄凄。蹇驴避路立，肥马当风嘶。回头忘相识，占道上沙堤。昔年洛阳社，贫贱相提携。今日长安道，对面隔云泥。近日多如此，非君独惨凄。死生不变者，唯闻任与黎④。

①一作《伤苦节士》，一作《胶漆契》。　　②恓恓（xī）：烦恼之貌。　　③通籍：谓著名于门籍，出入不禁也。金闺：即金门，汉武帝使学士待诏之所。　　④自注：任公叔、黎逢。

不致仕①

七十而致仕②，礼法有明文。何乃贪荣者，斯言如不闻？可怜八九十，齿堕双眸昏。朝露贪名利，夕阳忧子孙。挂冠顾翠绶③，悬车惜朱轮。金章腰不胜，伛偻入君门。谁不爱富贵？谁不恋君恩？年高须告老，名遂合退身。少时共嗤诮，

晚岁多因循。贤哉汉二疏！彼独是何人？寂寞东门路，无人
继去尘④。

----

①一作《合致仕》。《八朝偶隽》："元和初，杜佑为司徒，
年过七十犹未请老。"裴晋公时知制诰，因高郢致仕，令词曰：
"以年致仕，抑有前闻；近代寡廉，罕由斯道。"盖讥佑也。公
此诗所指，当与裴同，盛为当时传诵。厥后杜牧之每于公多不
足语，形之诗篇，致托李戡之言，极口诋诮。文章家报复，可
畏如此。宋祁不察，据以论公，过矣。牧之，佑之孙也。"
②《礼记·曲礼》："大夫七十而致事。"注："致其所掌之事于
君而告老。"致仕，犹致事也。　　　③绥（ruí）：缨饰也。
④汉疏广为太傅，兄子疏受为太子家令，同时致仕。"公卿大
夫，故人邑子，设祖道供张东都门外，送者车数百两。辞决而
去。道路观者皆曰：'贤哉二大夫！'或叹息为之下泣。"（见
《汉书·疏广传》）李白诗："达士遗天地，东门有二疏。"

立　碑①

勋德既下衰，文章亦陵夷②。但见山中石，立作路旁碑。
铭勋悉太公③，叙德皆仲尼④。复以多为贵，千言直万赀。为
文彼何人？想见下笔时。但欲愚者悦，不思贤者嗤。岂独贤
者嗤？仍传后代疑。古石苍苔字，安知是愧词。我闻望江县，
麹令⑤抚茕嫠。在官有仁政，名不闻京师。身殁欲归葬，百
姓遮路岐。攀辕不得归，留葬此江湄。至今道其名，男女涕
皆垂。无人立碑碣，唯有邑人知。

----

①一作《古碑》。　②陵夷：言其颓替如丘陵之渐平也。《汉书·成帝纪》："帝王之道，日以陵夷。"　③太公：太公望，即吕尚。　④仲尼：孔子。　⑤自注：麹令，名信陵。汪立名按："麹信陵，贞元元年鲍防下及第，以六年作望江令。"

轻　肥①

意气骄满路，鞍马光照尘。借问何为者，人称是内臣。朱绂皆大夫，紫绶悉将军。夸赴军中宴，走马去如云。樽罍溢九酝②，水陆罗八珍③。果擘洞庭橘，脍切天池④鳞。食饱心自若，酒酣气益振。是岁江南旱，衢州人食人。

----

①一作《江南旱》。　②《西京杂记》："汉制，宗庙八月饮酎，用九酝太牢。皇帝侍祠，以正月旦作酒，八月成，名曰酎，一曰九醖，一名醇酎。"　③《周礼·冢宰·膳夫》："凡王之馈……珍用八物。"后世以龙肝、凤髓、豹胎、鄂炙、猩唇、熊掌、酥酪、蝉为八珍。　④《初学记》："海，一名天池。"

五　弦①

清歌且罢唱，红袂亦停舞。赵叟抱五弦，宛转当胸抚。大声粗若散，飒飒风和雨。小声细欲绝，切切鬼神语。又如鹊报喜，转作猿啼苦。十指无定音，颠倒宫徵羽。坐客闻此声，形神若无主。行客闻此声，驻足不能举。嗟嗟俗人耳，好今不好古。所以绿窗琴，日日生尘土。

①一作《五弦琴》。

歌 舞①

秦城岁云暮，大雪满皇州。雪中退朝者，朱紫尽公侯。
贵有风雪兴，富无饥寒忧。所营唯第宅，所务在追游。朱轮
车马客，红烛歌舞楼。欢酣促密坐，醉暖脱重裘。秋官②为
主人，廷尉③居上头。日中为一乐，夜半不能休。岂知阌
乡④狱，中有冻死囚！

①一作《伤阌乡县囚》。　②周置六官，以司寇为秋官，
唐改刑部为秋官。　③廷尉：秦官名，掌刑狱，历代因之。
④阌（wén）乡：唐县名，在今河南灵宝市境内。

买 花①

帝城春欲暮，喧喧车马度。共道牡丹时，相随买花去。
贵贱无常价，酬直看花数。灼灼百朵红，戋戋五束素。上张
幄幕庇，旁织笆篱护。水洒复泥封，移来色如故。家家习为
俗，人人迷不悟。有一田舍翁，偶来买花处。低头独长叹，
此叹无人谕。一丛深色花，十户中人赋。

①一作《牡丹》。

讽谕乐府

新乐府①

序曰：凡九千二百五十二言，断为五十篇②。篇无定句，句无定字，系于意，不系于文。首句标其目，卒章显其志，《诗》三百之义也。其辞质而径，欲见之者易谕也。其言直而切，欲闻之者深诫也。其事核而实，使采之者传信③也。其体顺而律，可以播于乐章歌曲也。总而言之，为君为臣为民为物为事而作，不为文而作也。

----

①自注：元和四年为左拾遗时作。　②兹选二十一篇。
③传信：一本作《有征》。

上阳人　愍怨旷也①

上阳人，红颜暗老白发新。绿衣监使守宫门，一闭上阳多少春。玄宗末岁初选入，入时十六今六十。同时采择百余人，零落年深残此身。

----

①上阳人：一本作《上阳白发人》。自注：天宝五载已后，

杨贵妃专宠，后宫人无复进幸矣。亦宫有美色者，辄置别所，上阳是其一也。贞元中尚存焉。

忆昔吞悲别亲族，扶入车中不教哭。皆云入内便承恩，脸似芙蓉胸似玉。未容君王得见面，已被杨妃遥侧目。妒令潜配上阳宫，一生遂向空房宿。

宿空房①，秋夜长，夜长无寐天不明。耿耿残灯背壁影，萧萧暗雨打窗声。春日迟，日迟独坐天难暮。宫莺百啭愁厌闻，梁燕双栖老休妒。莺归燕去长悄然，春往秋来不记年。唯向深宫望明月，东西四五百回圆。今日宫中年最老，大家遥赐尚书号。小头鞋履窄衣裳，青黛点眉眉细长。外人不见见应笑，天宝末年时世②妆。

----

　　①房：旧本皆作"床"。　　②世：一作"样"。

上阳人，苦最多。少亦苦，老亦苦，少苦老苦两如何？君不见昔时吕尚《美人赋》①，又不见今日上阳白发歌。

----

　　①自注：天宝末，有密采艳色者，当时号"花鸟使"，吕尚献《美人赋》以讽之。

胡旋女　戒近习也①

胡旋②女，胡旋女，心应弦，手应鼓。弦鼓一声双袖举，回雪飘飘转蓬舞。左旋右转不知疲，千匝万周无已时。人间物类无可比，奔车轮缓旋风迟。曲终再拜谢天子，天子为之微启齿。

----

①自注：天宝末康居国献之。康居与大月氏同族，领有今新疆北境至中亚之地。 ②胡旋：舞名。《乐府杂录》："夷部乐有此舞，于小圆球子上舞，纵横腾踏，两足终不离于球子，即所谓踏球戏也。"

胡旋女，出康居，徒劳东来万里余。中原自有胡旋者，斗妙争①能尔不如？天宝季年时欲变，臣妾人人学圆转。中有太真外禄山，二人最道能胡旋②。梨花园中册作妃，金鸡障③下养为儿。禄山胡旋迷君眼，兵过黄河疑未反。贵妃胡旋惑君心，死弃马嵬④念更深。从兹地轴天维转，五十年来制不禁。

----

①争：与"怎"同，犹言"如何"也。 ②《新唐书·安禄山传》："作胡旋舞帝前，疾如风。" ③《新唐书·安禄山传》："帝登勤政楼幄坐之左，张金鸡大障，前置特榻，诏禄山坐，襄其幄以示尊宠。" ④《新唐书·杨贵妃传》："（玄宗）西幸至马嵬……不得已，引而去。缢路祠下，裹尸以紫茵，瘗道侧。"马嵬，在今陕西兴平市西二十五里。

胡旋女，莫空舞，数唱此歌悟明主。

折臂翁① 戒边功也

　　新丰②老翁八十八，头鬓眉须皆似雪。玄孙扶向店前行，左臂凭肩右臂折。

----

　　①折臂翁：一作《新丰折臂翁》。　　②新丰：故城在今陕西临潼东北。

　　问翁臂折来几年，兼问致折因何缘。翁云贯属新丰县，生逢圣代无征战。惯听梨园①歌管声，不识旗枪与弓箭。

----

　　①《唐书·礼乐志》："明皇既知音律，又酷爱法曲，选坐部使子弟三百，教于梨园。"

　　无何天宝大征兵，户有三丁点一丁。点得驱将何处去，五月万里云南行。闻道云南有泸水①，椒花落时瘴烟起。大军徒涉水如汤，未过十人二三死。村南村北哭声哀，儿别爷娘夫别妻。皆云前后征蛮者，千万人行无一回。

----

　　①泸水：古水名。源出云南石屏山，指今雅砻江下游和金沙江汇合雅砻江后一段。

　　是时翁年二十四，兵部牒中有名字。夜深不敢使人知，偷将大石捶折臂。张弓簸旗俱不堪，从兹始免征云南。骨碎

筋伤非不苦，且图拣退归乡土。此臂折来六十年，一肢虽废
一身全。至今风雨阴寒夜，直到天明痛不眠。

　　痛不眠，终不悔，且喜老身今独在。不然当时泸水头，
身死魂孤骨不收。应作云南望乡鬼，万人冢①上哭呦呦。

----

　　①自注：云南有万人冢，即鲜于仲通李宓曾覆军之所，今
冢犹存。

　　老人言，君听取。君不闻开元宰相宋开府，不赏边功防
黩武①？又不闻天宝宰相杨国忠，欲求恩幸立边功？边功未
立生人怨，请问新丰折臂翁②。

----

　　①自注：开元初，突厥数寇边。时天武军牙将郝云岑出使，
因引特勒回鹘部落，斩突厥默啜，献首于阙下，自谓有不世之
功。时宋璟为相，以天子年少好武，恐徼功者生心，痛抑其党。
逾年，始授郎将。云岑遂恸哭呕血而死也。　　②自注：天宝
末，杨国忠为相，重结阁罗凤之役，募人讨之，前后发二十余
万众，去无返者。又捉人连枷赴役，天下怨哭，人不聊生，故
禄山得乘人心而盗天下。元和初而折臂翁犹存，因备歌之。按
《唐书·杨国忠传》："先此，南诏质子阁罗凤亡去，帝欲讨之。
国忠荐鲜于仲通为蜀郡长史，率兵六万讨之，战泸川，举军没，
独仲通挺身免。时，国忠兼兵部侍郎，素德仲通，为匿其败，
更叙战功，使白衣领职。因自请兼领剑南……寻遣剑南留后李
宓率兵十余万击阁罗凤，败死西洱河。国忠矫为捷书上闻，自

再兴师，顷中国骁卒二十万，踦屦无遗，天下冤之。"

捕蝗　刺长吏也①

捕蝗捕蝗谁家子？天热日长饥欲死。兴元②兵后伤阴阳，和气盅蠡化为蝗。始自两河及三辅③，荐食④如蚕飞似雨。雨飞蚕食千里间，不见青苗空赤土。河南长吏言忧农，课人昼夜捕蝗虫。是时粟斗钱三百，蝗虫之价与粟同。

----

①长吏：县吏之尊者。《汉书·公卿百官表》："县令长皆有丞尉，秩四百石至二百石，是为长吏。"　②兴元：德宗年号。③两河：谓河东（今山西黄河以东之地）、河内（今河南沁阳两郡。三辅：汉时京兆、左冯翊、右扶风之总称，辖境为今陕西中部。　④荐食：蚕食也。《左传》："吴为封豕长蛇，荐食上国。"

捕蝗捕蝗竟何利？徒使饥人重劳费。一虫虽死百虫来，岂将人力定天灾？我闻古之良吏有善政，以政驱蝗蝗出境。又闻贞观之初道欲昌，文皇仰天吞一蝗。一人有庆兆民赖，是岁虽蝗不为害①。

----

①自注：贞观二年太宗吞蝗虫事，具见《贞观实录》。文皇：即太宗。

缚戎人　达穷民之情也

缚戎人，缚戎人，耳穿面破驱入秦。天子矜怜不忍杀，诏徙东南吴与越①。黄衣小使录姓名，领出长安乘递②行。身被金疮面多瘠，扶病徒行日一驿。朝餐饥渴费杯盘，夜卧腥臊污床席。忽逢江水忆交河③，垂手齐声呜咽歌。

----

①原注："元云：'近制西边每擒蕃酋，例皆传置南方，不加剿戮。'"　　②递：驿递也。　　③交河：在今新疆吐鲁番。

其中一虏语诸虏，尔苦非多我苦多。同伴行人因借问，欲说喉中气愤愤。自云乡贯本凉原①，大历年中没落蕃②。一落蕃中四十载，身着皮裘系毛带。唯许正朝服汉仪，敛衣整巾潜泪垂。誓心密定归乡计③，不使蕃中妻子知。暗思幸有残筋骨，更恐年衰归不得。

----

①凉原：谓凉州、原州之地，今甘肃固原。　　②大历：唐代宗年号（766—779）。蕃：吐蕃，唐时西域种族。　　③自注：有李如暹者，蓬子将军之子也。尝没蕃中。自云：蕃法，唯正岁一日，许唐人之没蕃者服唐衣冠。由是悲不自胜，遂密定归计也。

蕃侯严兵鸟不飞，脱身冒死奔逃归。昼伏宵行经大漠①，云阴月黑风沙恶。惊藏青冢②寒草疏，偷渡黄河夜冰薄。忽闻汉军鼙鼓声，路傍走出再拜迎。游骑不听能汉语，将军遂缚作蕃生。配向江南卑湿地，定无存恤空防备。念此吞声仰诉天，若为辛苦度残年。凉原乡井不得见，胡地妻儿虚弃捐。没蕃被囚思汉土，归汉被劫为蕃虏。早知如此悔归来，两地宁如一处苦！

----

①大漠：古指我国西部北部的大沙漠地带。　　②青冢：王昭君墓，在今内蒙古呼和浩特市南。

缚戎人，戎人之中我苦辛。自古此冤应未有，汉心汉语吐蕃身。

涧底松　念寒俊也

有松百尺大十围，生在涧底寒且卑。涧深山险人路绝，老死不逢工度之①。天子明堂②欠梁木，此求彼有两不知。谁谕苍苍造物意，但与之材不与地。金张③世禄黄宪贤，牛衣寒贱貂蝉贵④。貂蝉与牛衣，高下虽有殊，高者未必贤，下者未必愚。君不见沉沉海底生珊瑚，历历天上种白榆⑤。

----

①《左传》："山有木，工则度之。"　　②明堂：古时天子行大典礼之处。　　③金张：金日磾、张世安，皆汉宣帝时权贵。　　④《英华辨证》："白居易《涧底松》'金张世禄黄宪贤。'黄宪本牛医儿，而集本作'原宪贫'。详上下句，'黄宪

贤'是。"按《后汉书·黄宪传》："字叔度，汝南慎阳人也。世贫贱，父为牛医……是时同郡戴良，才高倨傲，而见宪未尝不正容。及归罔然若有失也。其母问曰：'汝复从牛医儿来邪？'"又《汉书·王章传》："章疾病无被，卧牛衣中。"注："牛衣，编乱麻为之。"貂蝉：诸武官冠上之饰也。汉制，侍中中常侍，皆冠赵惠文冠，加黄金珰，附蝉为饰，插以貂尾。　　⑤古乐府："天上何所有，历历种白榆。"谓星也。

红线毯　忧蚕桑之费也

　　红线毯，择茧缫丝清水煮，拣线练丝红蓝染。染为红线红于蓝，织作披香殿①上毯。披香殿广十丈余，红线织成可殿铺。彩丝茸茸香拂拂，线软花虚不胜物。美人踏上歌舞来，罗袜绣鞋随步没。太原毯涩毳缕硬，蜀都褥薄锦花冷。不如此毯温且柔，年年十月来宣州②。宣州太守加样织，自谓为臣能竭力。百夫同担进宫中，线厚丝多卷不得。宣城太守知不知？一丈毯，千两丝。地不知寒人要暖，少夺人衣作地衣。

----

　　①《汉官阁名》："长安有披香殿、鸳鸾殿、飞翔殿。"
②自注：贞元中，宣州进开样加丝毯。

杜陵叟　伤农夫之困也

　　杜陵①叟，杜陵居，岁种薄田一顷余。三月无雨旱风起，麦苗不秀多黄死。九月降霜秋早寒，禾穗未熟皆青干。长吏明知不申破，急敛暴征求考课。典桑卖地纳官租，明年衣食将何如？剥我身上帛，夺我口中粟。虐人害物即豺狼，何必钩爪锯牙食人肉！

----

①《汉书·地理志》"杜陵"注："古杜伯国。汉宣帝葬此，因曰杜陵。在长安南五十里。"

不知何人奏皇帝，帝心恻隐知人弊。白麻纸上书德音，京畿尽放今年税。昨日里胥方到门，手持尺牒榜乡村。十家租税九家毕，虚受吾君蠲免恩。

缭绫　念女工之劳也

缭绫缭绫何所似？不似罗绡与纨绮。应似天台山①上明月前，四十五尺瀑布泉。中有文章又奇绝，地铺白烟花簇雪。织者何人衣者谁？越溪②寒女汉宫姬。

----

①天台山：在浙江天台北。　　②越溪：即剡溪，在浙江曹娥江上游。

去年中使①宣口敕，天上取样人间织。织为云外秋雁行，染作江南春水色。广裁衫袖长制裙，金斗熨波刀剪纹。异彩奇文相隐映，转侧看花花不定。昭阳②舞人恩正深，春衣一对直千金。汗沾粉污不再着，曳土踏泥无惜心。

①中使：谓宫庭之使。　②昭阳：殿名。

缭绫织成费功绩，莫比寻常缯与帛。丝细缲多女手疼，扎扎千声不盈尺。昭阳殿里歌舞人，若见织时应也惜。

卖炭翁　苦宫市也

卖炭翁，伐薪烧炭南山中。满面尘灰烟火色，两鬓苍苍十指黑。卖炭得钱何所营？身上衣裳口中食。可怜身上衣正单，心忧炭贱愿天寒。夜来城外一尺雪，晓驾炭车辗冰辙。牛困人饥日已高，市南门外泥中歇。

两骑翩翩来是谁？黄衣使者白衫儿。手把文书口称敕，回车叱牛牵向北。一车炭，千余斤，官使驱将惜不得。半匹红纱一丈绫，系向牛头充炭直。

母别子　刺新间旧也

母别子，子别母，白日无光哭声苦。关西骠骑大将军①，去年破房新策勋。敕赐金钱二百万，洛阳迎得如花人。新人迎来旧人弃，掌上莲花眼中刺。迎新弃旧未足悲，悲在君家留两儿。一始扶行一初坐，坐啼行哭牵人衣。以汝夫妇新嬿婉②，使我母子生别离。不如林中乌与鹊，母不失雏雄伴雌。应似园中桃李树，花落随风子住枝。

----

①关西：指函谷关以西之地。骠骑：将军之名号。后汉有骠骑大将军。　　②嬿婉：犹婉恋，亲爱也。

新人新人听我语，洛阳无限红楼女。但愿将军重立功，更有新人胜于汝。

阴山道　疾贪虏也①

阴山②道，阴山道，纥逻敦肥③水泉好。每至戎人送马时，道傍千里无纤草。草尽泉枯马病羸，飞龙④但印骨与皮。五十匹缣易一匹，缣去马来无了日。养无所用去非宜，每岁死伤十六七。缣丝不足女工苦，疏织短截充匹数。藕丝蛛网三丈余，回鹘诉称无用处。咸安公主⑤号可敦，远为可汗⑥频奏论。元和二年下新敕，内出金帛酬马直。仍诏江淮马价缣，从此不令疏短织。合罗将军呼万岁，捧授金银与缣彩。谁知黠虏启贪心，明年马多来一倍。缣渐好，马渐多；阴山虏，奈尔何！

----

①原注："按李传云：'元和二年，有诏悉以金银酬回鹘马价。'"　　②阴山：在今内蒙古自治区中部，横障漠北。③纥逻敦肥：回鹘（维吾尔族先民）地名。　　④飞龙：厩名。

《唐书·舆服志》:"仗内六闲,一曰飞龙。"　　⑤《唐书·回鹘传》:"建中元年,诏咸安公主下嫁。"　　⑥回鹘称其君为"可汗",君之妻为"可敦"。可汗,读作 kè hán。

时世妆　傲戎也

时世妆,时世妆,出自城中传四方。时世流行无远近,腮不施朱面无粉。乌膏注唇唇似泥,双眉画作八字低。妍蚩黑白失本态,妆成尽似含悲啼。圆鬟无鬓椎髻样①,斜红不晕赭面状。昔闻被发伊川中,辛有见之知有戎②。元和妆梳君记取,髻椎面赭非华风。

----

①椎髻:一撮之髻,其形如椎。　　②《左传》:"辛有过伊川,见被发而祭于野者,曰:'不及百年,此其戎乎?其礼先亡矣。'"

李夫人　鉴嬖惑也

汉武帝,初丧李夫人。夫人病时不肯别,死后留得生前恩。君恩不尽念未已,甘泉殿里令写真。丹青写出竟何益,不言不笑愁杀人。又令方士合灵药,玉釜煎炼金炉焚,九华帐深夜悄悄。反魂香降夫人魂,夫人之魂在何许?香烟引到焚香处。既来何苦不须臾?缥缈悠扬还灭去。去何速兮来何迟!是邪非邪两不知①。翠蛾仿佛平生貌,不似昭阳寝疾时。

魂之不来君心苦，魂之来兮君亦悲。背灯隔帐不得语，安用
暂来还见违？伤心不独汉武帝，自古及今皆若斯。君不见，
穆王三日哭，重璧台前伤盛姬②？又不见，太陵一掬泪，马
嵬坡下念杨妃③？纵令妍姿艳质化为土，此恨长在无销期。
生亦惑，死亦惑，尤物惑人忘不得。人非木石皆有情，不如
不遇倾城色。

----

①《汉书·外戚传》：孝武李夫人，本以娼进。初，夫人兄
延年性知音，善歌舞，武帝爱之。每为新声变曲，闻者莫不感
动。延年侍上，起舞，歌曰："北方有佳人，绝世而独立。一顾
倾人城，再顾倾人国。宁不知倾城与倾国？佳人难再得。"上叹
息曰："善。世岂有此人乎？"平阳主因言延年有女弟，上乃召
见之，实妙丽善舞，由是得幸。生一男，是为昌邑襄王。李夫
人少而早卒，上怜悯焉，图画其形于甘泉宫……初，李夫人病
笃，上自临候之。夫人蒙被谢曰："妾久寝病，形貌毁坏，不可
以见帝，愿以王及兄弟为托。"上曰："夫人病甚，殆将不起，
一见我属托王及兄弟，岂不快哉？"夫人曰："妇人貌不修饰，
不见君父。妾不敢以燕惰见帝。"上曰："夫人弟一见我，将加
赐千金，而予兄弟尊官。"夫人曰："尊官在帝，不在一见。"上
复言必欲见之。夫人遂转向欷歔，而不复言……及夫人卒，上
以厚礼葬焉。其后上以夫人兄李广利为二师将军，封海西侯。
延年为协律都尉。上思念李夫人不已。方士齐人少翁言能致其
神。乃夜张灯烛，设帐帷，陈酒肉，而令上居他帐。遥望见好
女子如李夫人之貌，还幄坐而步，又不得就视。上愈益相思悲

感，为作诗曰："是邪，非邪？立而望之，偏何姗姗其来迟？"令乐府诸音家弦歌之。　　②《穆天子传》："盛姬，盛柏之子也。天子赐之上姬之长，是曰盛门。天子乃为之台，是曰重璧之台……天子西至于重璧之台，盛姬告病，天子哀之，是曰哀次。天子乃殡盛姬于丘斄之庙。壬寅，天子命哭启为主……祭却，大哭殇祀而载。甲辰，天子南葬盛姬于乐池之南……曰□祀，大哭九而终。"　　③见前《胡旋女》"马嵬"注。

陵园妾　托幽闭喻被谗遭黜也

陵园妾，颜色如花命如叶。命如叶薄将奈何，一奉寝宫年月多。年月多，时光换，春愁秋思知何限？青丝发落丛鬓疏，红玉肤销系裙缦①。

---

①缦：宽也。

忆昔宫中被妒猜，因谗得罪配陵来。老母啼呼趁车别，中官监送锁门回。山宫一闭无开日，未死此身不令出。松门到晓月徘徊，柏城尽日风萧瑟。松门柏城幽闭深，闻蝉听燕感光阴。眼看菊蕊重阳泪，手把梨花寒食心。把花掩泪无人见，绿芜墙绕青苔院。四季徒支妆粉钱，三朝不识君王面。遥想六宫①奉至尊，宣徽②雪夜浴堂春。雨露之恩不及者，犹闻不啻三千人。我尔君恩何厚薄？愿令轮转直陵园，三岁一来均苦乐。

①六宫：《周礼》："皇后正寝一，燕寝五，是为六宫也。"
②宣徽：《北史·后妃传》："魏下嫔曰宣徽。"

盐商妇　恶幸人也

盐商妇，多金帛，不事田农与蚕绩。南北东西不失家，风水为乡船作宅。本是扬州小家女，嫁得西江大商客。绿鬟富去金钗多，皓腕肥来银钏窄。前呼苍头后叱婢，问尔因何得如此？婿作盐商十五年，不属州县属天子①。每年盐利入官时，少入官家多入私②。官家利薄私家厚，盐铁尚书远不知。何况江头鱼米贱，红鲙黄橙香稻饭。饱食浓妆倚舵楼，两朵红腮花欲绽。

①《唐书·食货志》："唐有盐池十八，井六百四十，皆隶度支。"　②《唐书·食货志》："贞元四年，淮西节度使陈少游奏加民赋。自此江淮盐每斗亦增二百为钱三百一十……江淮豪贾射利，或时倍之，官收不能过半，民始怨矣。"

盐商妇，有幸嫁盐商。终朝美饭食，终岁好衣裳。好衣美食来何处，亦须惭愧桑弘羊①。桑弘羊，死已久，不独汉时今亦有。

①桑弘羊：汉洛阳贾人子，武帝时领大农丞，尽管天下盐铁，作平准法。

井底引银瓶　止淫奔也

井底引银瓶，银瓶欲上丝绳绝。石上磨玉簪，玉簪欲成中央折。瓶沉簪折知奈何，似妾今朝与君别。

忆昔在家为女时，人言举动有殊姿。婵娟①两鬓秋蝉翼，宛转双蛾远山色。笑随戏伴后园中，此时与君未相识。妾弄青梅凭短墙，君骑白马傍垂杨。墙头马上遥相顾，一见知君即断肠。知君断肠共君语，君指南山松柏树。感君松柏化为心，暗合双鬟②逐君去。

----

①婵娟：美好也。　　②双鬟：谓侍女作双髻者。

到君家舍五六年，君家大人频有言。聘则为妻奔是妾，不堪主祀奉蘋蘩①。终知君家不可住，其奈出门无去处。岂无父母在高堂，亦有亲情满故乡。潜来更不通消息，今日悲羞归不得。

----

①奉蘋蘩：奉祭祀也。《左传》："蘋蘩蕴藻之菜……可荐于鬼神。"

为君一日恩，误妾百年身。寄言痴小人家女，慎勿将身轻许人。

官牛 讽执政也

官牛官牛驾官车，浐水①岸边般载沙。一石沙，几斤重？朝载暮载将何用？载向五门②官道西，绿槐阴下铺沙堤。昨来新拜右丞相，恐怕泥涂污马蹄。右丞相，马蹄踏沙虽净洁，牛领牵车欲流血。右丞相，但能济人治国调阴阳，官牛领穿亦无妨。

----

①浐水：关中八川之一，源出今陕西蓝田西南谷中，入于渭。　②天子有五门，路门、应门、皋门、雉门、库门也。

隋堤柳 悯亡国也

隋堤柳，岁久年深尽衰朽。风飘飘兮雨萧萧，三株两株汴河口。老枝病叶愁杀人，曾经大业年中春①。大业年中炀天子，种柳成行夹流水。西自黄河东至淮，绿影一千三百里。大业末年春暮月，柳色如烟絮如雪。南幸江都②恣佚游，应将此柳系龙舟③。紫髯郎将护锦缆，青蛾御史直迷楼④。海内财力此时竭，舟中歌笑何日休？上荒下困势不久，宗社之危如缀旒⑤。

----

①《通鉴》："隋炀帝大业元年三月，诏曰：'古者听采舆颂，谋及庶民，故能审刑政之得失。今将巡历淮海，观省风俗。'

遂命尚书右丞皇甫议，发丁百万，开通济渠，自西苑引谷洛水，达于河。复自板渚引河入汴，引汴入泗，以达于淮。又发民十万，开邗沟入江。沟广四十步，傍筑御道，树以柳。自长安至江都，置离宫四十余所，遣黄门侍郎王弘等，往江南造龙舟，及杂船数万艘，官吏督役严急，役丁死者什四五。"　②按《通鉴》：炀帝幸江都凡三次。一次在大业元年八月，二次在六年三月，最后一次在十二年十二月。此言"大业末年春暮月"者，殆谓其十四年三月被弑时亦在江都也。　③《通鉴》："大业元年八月，上幸江都，龙舟四重……共用挽士八万余人，皆以锦彩为袍。"又："十一年冬十月，诏江都更造龙舟，制度更大于旧。"　④《古今诗话》："炀帝时，新宫既成，帝幸之，曰：'使真仙游此，亦当自迷。'乃名迷楼。"故址在今江苏扬州。⑤言如旗之垂旒易断也。

炀天子，自言福祚长无穷，岂知皇子封酅公①？龙舟未过彭城阁②，义旗已入长安宫③。萧墙④祸生人事变，晏驾不得归秦中⑤。土坟数尺何处葬？吴公台⑥下多悲风。二百年来汴河路，沙草和烟朝复暮。后王何以鉴前王，请看隋堤亡国树！

①《通鉴》："大业十四年（即恭帝侑义宁二年）五月，唐王李渊称皇帝，废帝侑为酅（xī）国公。"　②《通鉴》："大业十四年三月，宇文化及发江都，下令欲还长安，夺人舟楫以行。及至彭城，魏公（李）密兵据巩洛，以拒化及。化及不得

西，遂引兵入东郡。"　　③《通鉴》："十三年冬十月，李渊合诸军围长安。十一月，克长安，还舍于长乐官。"　　④萧墙：言至近之地。《论语》："恐吾季孙之忧，不在颛臾，而在萧墙之内也。"注："萧之言肃也，墙谓屏也。君臣相见之礼，至屏而加敬肃焉，是以谓之萧墙。"　　⑤《通鉴》："大业十四年三月，宇文化及弑帝于江都。"　　⑥《一统志》："吴公台，扬州府城北刘宋沈庆之所筑弩台也。陈将吴明彻增筑，故名。"

黑潭龙　疾贪吏也

黑潭水深色如墨，传有神龙人不识。潭上架屋官立祠，龙不能神人神之。丰凶水旱与疾疫，乡里皆言龙所为。家家养豚漉清酒，朝祈暮赛依巫口。神之来兮风飘飘，纸钱动兮锦伞摇。神之去兮风亦静，香火灭兮杯盘冷。肉堆潭岸石，酒泼庙前草。不知龙神享几多，林鼠山狐长醉饱。狐何幸，豚何辜，年年杀豚将喂狐。狐假龙神食豚尽，九重泉底龙知无？

秦吉了　哀冤民也

秦吉了①，出南中，彩毛青黑花颈红。耳聪心慧舌端巧，鸟语人言无不通。昨日长爪鸢，今朝大觜乌。鸢捎乳燕一窠覆，乌啄母鸡双眼枯。鸡号堕地燕惊去，然后拾卵攫其雏。岂无雕与鹗？嗉②中肉饱不肯搏。亦有鸾鹤群，闲立高飏如不闻。

----

①《会要》："林邑国有结辽鸟，能言胜于鹦鹉；黑色，两眉独黄，即秦吉了也。"　　②嗉（sù）：嗉囊，鸟类消化器官的一部分，在食道下部。

秦吉了，人云尔是能言鸟，岂不见鸡燕之冤苦？吾闻凤凰百鸟主；尔竟不为凤凰之前致一言，安用噪噪闲言语！

闲适古调诗

常乐里闲居,偶题十六韵,兼寄刘十五公舆王十一起吕二炅吕四颖崔十八玄亮元九稹刘三十二敦质张十五仲元,时为校书郎

　　帝都名利场,鸡鸣无安居。独有懒慢者,日高头未梳。工拙性不同,进退迹遂殊。幸逢太平代,天子好文儒。小才难大用,典校在秘书。三旬两入省①,因得养顽疏。茅屋四五间,一马二仆夫。俸钱万六千,月给亦有余。既无衣食牵,亦少人事拘。遂使少年心,日日常晏如。勿言无知己,躁静各有徒。兰台②七八人,出处与之俱。旬时阻谈笑,旦夕望轩车。谁能雠校间,解带卧吾庐? 窗前有竹玩,门外有酒沽。何以待君子? 数竿对一壶。

----

　　①省:谓秘书省。　　②兰台:汉藏秘书之官观,以御史中丞掌之,后置兰台令史,掌书奏。唐龙朔(高宗年号)二年,改秘书省为兰台,咸亨初复旧。

感　时

朝见日上天，暮见日入地。不觉明镜中，忽年三十四。勿言身未老，冉冉行将至。白发虽未至，朱颜已先悴。人生讵几何？在世犹如寄①。虽有七十期，十人无一二。今我犹未悟，往往不适意。胡为方寸间，不贮浩然气②？贫贱非不恶，道在何足避？富贵非不爱，时来当自致。所以达人心，外物不能累。唯当饮美酒，终日陶陶醉。斯言胜金玉，佩服无失坠。

----

①魏文帝《乐府》："人生如寄，多忧何为？"　②《孟子》："我善养吾浩然之气。"浩然之气，谓正大之气也。

初除户曹喜而言志

诏授户曹掾①，捧诏感君恩。感恩非为己，禄养及吾亲。弟兄俱簪笏，新妇俨衣巾。罗列高堂下，拜庆正纷纷。俸钱四五万，月可奉晨昏②。廪禄二百石，岁可盈仓囷。喧喧车马来，贺客满我门。不以我为贪，知我家内贫。置酒延宾客，客容亦欢欣。笑云："今日后，不复忧空尊。"答云："如君言，愿君少逡巡。我有平生志，醉后为君陈。人生百岁期，七十有几人？浮荣及虚位，皆是身之宾。唯有衣与食，此事粗关身。苟免饥寒外，余物尽浮云。"

①户曹：掌民户之属官。汉公府有户曹掾。　②《礼记》："凡为人子之礼，冬温而夏清，昏定而晨省。"

效陶潜体诗十六首并序

余退居渭上，杜门不出。时属多雨，无以自娱。会家酝新熟，雨中独饮，往往酩醉，终日不醒。懒放之心，弥觉自得。故得于此而有以忘于彼者。因咏陶渊明诗，适与意会。遂效其体，成十六篇。醉中狂言，醒辄自哂，然知我者，亦无隐焉。

不动者厚地，不息者高天。无穷者日月，长在者山川。松柏与龟鹤，其寿皆千年。嗟嗟群物中，而人独不然。早出向朝市，暮已归下泉。形质及寿命，危脆若浮烟。尧舜与周孔，古来称圣贤。借问今何在？一去亦不还。我无不死药①，万万随化迁。所未定知者，修短迟速间，幸及身健日，当歌一尊前。何必待人劝？念此自为欢。

①《史记·封禅书》："蓬莱、方丈、瀛洲三神山，在渤海中，诸仙人及不死之药皆在焉。"

翳翳逾月阴，沉沉连日雨。开帘望天色，黄云暗如土。行潦①毁我墉，疾风坏我宇。蓬莠生庭院，泥涂失场圃。村深绝宾客，窗晦无俦侣。尽日不下床，跳鼁②时入户。出门无所往，入室还独处。不以酒自娱，块然与谁语？

----

①行潦：路上流水也。《诗经》："泂酌彼行潦。"　　②黾：古文"蛙"字。

朝饮一杯酒，冥心合元化。兀然无所思，日高尚闲卧。暮读一卷书，会意如嘉话。欣然有所遇，夜深犹独坐。又得琴上趣，安弦有余暇。复多诗中狂，下笔不能罢。唯兹三四事，持用度昼夜。所以阴雨中，经旬不出舍。始悟独往人，心安时亦过。

东家采桑妇，雨来苦愁悲。蔟蚕①北堂前，雨冷不成丝。西家荷锄叟，雨来亦怨咨。种豆南山下，雨多落为萁。而我独何幸？酝酒本无期。及此多雨日，正遇新熟时。开瓶泻尊中，玉液黄金脂。持玩已可悦，欢尝有余滋。一酌发好容，再酌开愁眉②。连延四五酌，酣畅入四肢。忽然遗我物，谁复分是非？是时连夕雨，酩酊无所知。人心苦颠倒，反为忧者嗤。

----

①蔟：蚕作茧之蓐；蔟蚕，使蚕上蔟也。　　②陶潜《连雨独酌诗》："试酌百情远，重觞忽忘天。"

朝亦独醉歌，暮亦独醉睡。未尽一壶酒，已成三独醉。勿嫌饮太少，且喜欢易致。一杯复两杯，多不过三四。便得心中适，尽忘身外事。更复强一杯，陶然遗万累。一饮一石者，徒以多为贵。及其酩酊时，与我亦无异。笑谢多饮者，酒钱徒自费。

天秋无片云，地静无纤尘。团团新晴月，林外生白轮。忆昨阴霖天，连连三四旬。赖逢家酝熟，不觉过朝昏。私言雨霁后，可以罢余樽。及对新月色，不醉亦愁人。床头残酒榼，欲尽味弥淳。携置南檐下，举酌自殷勤。清光入杯杓，白露生衣巾。乃知阴与晴，安可无此君？我有乐府诗，成来人未闻。今宵醉有兴，狂咏惊四邻。独赏犹复尔，何况有交亲！

中秋三五夜，明月在前轩。临觞忽不饮，忆我平生欢。我有同心人，邈邈崔与钱①，我有忘形友，迢迢李与元②。或飞青云上，或落江湖间。与我不相见，于今三四年。我无缩地术，君非驭风仙。安得明月下，四人来晤言？良夜信难得，佳期杳无缘。明月又不驻，渐下西南天。岂无他时会？惜此清景前。

————————————

① 崔、钱：崔群，钱徽。集中有《答崔侍郎钱舍人书问因继以诗》一首，中有"吾有二道友，蔼蔼崔与钱"句。按崔群，字敦诗，元和十二年以中书侍郎同中书门下平章事。钱徽，字蔚章，元和中以祠部员外郎为翰林学士，三迁中书舍人。
② 李、元：李固言，元稹。集中有《村中留李三固言宿》及《哭李三》两诗，当作于此诗之后。时，元稹被贬为江陵士曹。

家酝饮已尽，村中无酒沽。坐愁今夜醒，其奈秋怀何！有客忽叩门，言语一何佳！云是南村叟，挈榼来相过①。且喜尊不燥，安问少与多？重阳虽已过，篱菊有残花。欢来苦昼短，不觉夕阳斜。老人勿遽起，且待新月华。客去有余趣，竟夕独酣歌。

----

①陶潜《饮酒诗》："清晨闻叩门，倒裳往自开。问子为谁与？田父有好怀。壶浆远见候，疑我与时乖。"

原生①衣百结，颜子食一箪②。欢然乐其志，有以忘饥寒。今我何人哉，德不及先贤。衣食幸相属，胡为不自安？况兹清渭曲③，居处安且闲。榆柳百余树，茅茨十数间。寒负檐下日，热濯涧底泉。日出独未起，日入已复眠。西风满村巷，清凉八月天。但有鸡犬声，不闻车马喧④。时倾一尊酒，坐望东南山。稚侄初学步，牵衣戏我前。即此自可乐，庶几颜与原。

----

①原生：原宪也，孔子弟子，家贫。　②颜子：颜回也。《论语》："贤哉回也！一箪食，一瓢饮；人不厌其忧，回也不厌其乐。"　③泾水浊而渭水清，故曰"清渭"。　④陶潜《饮酒诗》："结庐在人境，而无车马喧。"

湛湛尊中酒，有功不自伐①。不伐人不知，我今代其说。良将临大敌，前驱千万卒。一箪投河饮，赴死心如一。壮士磨匕首，勇愤气咆勃。一酣忘报雠，四体如无骨。东海杀孝妇，天旱逾年月；一酹酹其魂，通宵雨不歇②。咸阳秦狱气，冤痛结为物；千岁不肯散，一沃亦销失③。况兹儿女恨，及彼幽忧疾。快饮无不消，如霜得春日。方知曲蘖④灵，万物无与匹。

---

①伐：自称其功。　　②《汉书·于定国传》："东海有孝妇，少寡亡子。养姑甚谨。姑欲嫁之，终不肯。姑谓邻人曰：'我老，久累丁壮奈何？'自经死。姑女告妇杀母。吏验治孝女自诬服。于公争之，弗能得。太守竟论杀孝妇。郡中枯旱三年。于公曰：'孝妇不当死，咎傥在是乎？'于是太守自祭孝妇冢，因表其墓。天立大雨。"　　③任昉《述异记》："汉武帝幸甘泉长平坂道中，有虫赤如肝，头目口齿悉具，人莫知也。时，东方朔曰：'此古秦狱地也，积忧所致。'上使按图，果秦狱地。朔曰：'夫积忧者，得酒而解。'乃取虫置酒中，立消。"④曲糵：酒母也。

烟霞隔玄圃，风波限瀛洲①。我岂不欲往，大海路阻修。神仙但闻说，灵药不可求。长生无得者，举世如蜉蝣②。逝者不重回，存者难久留。踟蹰未死间，何苦怀百忧？念此忽内热，坐看成白头。举杯还独饮，顾影自献酬。心与口相约，未醉勿言休。今朝不尽醉，知有明朝不？不见郭门外，累累坟与丘。月明愁杀人，黄蒿风飕飕。死者若有知，悔不秉烛游③。

---

①《楚辞·天问》："昆仑玄圃，其尻安在？"注："昆仑，山名，其巅曰玄圃。"瀛洲：传说仙人所居山名。　　②蜉蝣：虫名，朝生暮死。　　③古诗："昼短苦夜长，何不秉烛游。"

吾闻浔阳郡，昔有陶征君①。爱酒不爱名，忧醒不忧贫。

尝为彭泽令，在官才八旬②。愀然忽不乐，挂印著公门。口吟"归去来"，头戴漉酒巾③。人吏留不得，直入故山云。归来五柳下，还以酒养真。人间荣与利④，摆落如泥尘。先生去已久，纸墨有遗文。篇篇劝我饮，此外无所云。我从老大来，窃慕其为人。其他不可及，且效醉昏昏。

----

①征君：征士之尊称。谓有学行之士经诏书征召者。颜延之《陶征士诔》："有晋征士浔阳陶渊明。" ②李公焕《陶集总论》引祁宽曰："先生以义熙元年秋为彭泽令，其冬解绶去职。"是在官不足三月也。 ③萧统《陶渊明传》："岁终，会郡遣督邮至，县吏请曰：'应束带见之。'渊明叹曰：'我岂能为五斗米折腰向乡里小儿？'即日解绶去职，赋《归去来》。"又："郡将常候之，值其酿熟，取头上葛巾漉酒。漉毕，还复着之。" ④又："尝著《五柳先生传》以自况，时人谓之实录。"《传》云："先生不知何许人也，亦不详其姓字；宅边有五柳树，因以为号焉。闲靖少言，不慕荣利。"

楚王疑忠臣，江南放屈平①。晋朝轻高士，林下弃刘伶②。一人常独醉，一人常独醒③。醒者多苦志，醉者多欢情。欢情信独善，苦志竟何成。兀傲瓮间卧，憔悴泽畔行④。彼忧而此乐，道理甚分明。愿君且饮酒，勿思身后名。

----

①《史记·屈原列传》："屈原者，名平。"王逸《离骚章句序》："襄王复用谗言，迁屈原于江南。" ②《晋书·刘伶传》：

"刘伶，字伯伦，沛国人也。放情肆志，常以细宇宙齐万物为心，与阮籍、嵇康相遇，欣然神解，携手入林，初不以家产有无介意。常乘鹿车，携一壶酒，使人荷锸而随之，谓曰：'死便埋我。'其遗形骸如此……未尝措意文翰，惟著《酒德颂》一篇。"　　③《楚辞·渔父》："屈原既放，游于江潭，行吟泽畔，颜色憔悴，形容枯槁。渔父见而问之，曰：'子非三闾大夫与？何故至于斯？'屈原曰：'举世皆浊我独清，众人皆醉我独醒。'"④兀傲：犹言高傲也。陶渊明诗："规规一何愚！兀傲差若颖。"泽畔行：见上注。

　　有一燕赵士，言貌甚奇瑰①。日日酒家去，脱衣典数杯。问君何落魄？云仆生草莱②。地寒命且薄，徒抱王佐才③。岂无济时策，君门乏良媒④。三献寝不报⑤，迟迟空手回。亦有同门生，先升青云梯。贵贱交道绝，朱门叩不开。及归种禾黍，三岁旱为灾。入山烧黄白⑥，一旦化为灰。蹉跎五十余，生世苦不谐。处处去不得，却归酒中来。

----

①燕赵古称多慷慨悲歌之士。（见韩愈《送董邵南序》）奇瑰：犹言奇异也。瑰：同"瑰"。　　②落魄：失业无聊也。生草莱：言生于贫贱也。　　③谓才足为王者之佐也。《汉书·董仲舒传赞》："刘向称董仲舒有王佐之才，虽伊吕无以加；管晏之属，霸者之佐，殆不及也。"　　④谓无人荐举也。　　⑤献：谓献策；寝：搁置；不报：不答也。　　⑥道士烧炼丹药，化成黄金白银，谓之黄白之术。

　　南巷有贵人，高盖驷马车。我问何所苦，四十垂白须？答云君不知，位重多忧虞。北里有寒士，瓮牖绳为枢①。出扶桑藜杖，入卧蜗牛庐②。散贱无忧患，心安体亦舒。东邻有富翁，藏货遍五都③。东京收粟帛，西市鬻金珠。朝营暮计算，昼夜不安居。西舍有贫者，匹妇配匹夫。布裙行赁春④，短褐坐佣书。以此求口食，一饱欣有余。贵贱与贫富，高下虽有殊。忧乐与利害，彼此不相逾。是以达人观，万化同一途。但未知生死，胜负两如何？迟疑未知间，且以酒为娱。

- -

　　①言累瓮为壁牖，结绳为门枢。贾谊《过秦论》："陈涉者，瓮牖绳枢之子耳。" ②蜗牛庐：喻其小也。 ③班固《西都赋》："五都之货殖。"按汉以洛阳、邯郸、临淄、宛、成都为五都。（见《汉书·王莽传》）唐以长安为上都，洛阳为中都，江陵为南都，凤翔为西都，太原为北都，是为五都。（见《唐书·肃宗纪》） ④赁春：为人春也。

　　济水澄而洁，河水浑而黄；交流列四渎①，清浊不相伤。太公战牧野②，伯夷饿首阳③；同时号贤圣，进退不相妨。谓天不爱民，胡为生稻粱。谓天果爱民，胡为生豺狼？谓神福善人，孔圣竟栖遑④。谓神祸淫人，暴秦终霸王。颜回与黄宪⑤，何辜早夭亡？蝮蛇与鸩鸟，何得寿延长？物理不可测，神道亦难量。举头仰问天，天色但苍苍。唯当多种黍⑥，日醉手中觞。

----

①《尔雅》："江、淮、河、济为四渎。"按济水东南流为猪龙河，入黄河。其故道本过黄河而南，东流至山东，与黄河平行入海，故曰交流。　　②太公：即太公望。牧野：周武王克纣之处，在今河南淇县南。　　③见《续古诗》其二注①。④见《续古诗》其六注①。　　⑤见《涧底松》注④。　　⑥黍：一年生草本植物，去皮后叫黄米。可以酿酒。

春　眠

新浴肢体畅，独寝神魄安。况因夜深坐，遂成日高眠。春被薄亦暖，朝窗深更闲。却忘人间事，似得枕上仙。至适无梦想，大和难名言。全胜彭泽醉，欲敌曹溪禅①。何物呼我觉，伯劳声关关②。起来妻子笑，生计春茫然。

----

①《传灯录》："梁天监元年有智药，泛舶至韶州曹溪水口，闻其香，尝其味，曰：'此水上流有胜地。'遂开山，立名宝林。乃云：'此去百七十年，当有无上法宝在此演法。'今六祖南华是也。"《正宗记》："六祖慧能大师，姓卢氏，新兴人。辞母直造黄梅东山。既得法，回南海法性寺……后归宝林寺……次年坐化，塔于曹溪，今南华寺是也。"　　②伯劳：鸣禽也；关关：音声和也。

晚春沽酒

百花落如雪，两鬓垂作丝。春去有来日，我老无少时。人生待富贵，为乐常苦迟。不如贫贱日，随分开愁眉。卖我所乘马，典我旧朝衣。尽将沽酒饮，酩酊步行归。名姓日隐晦，形骸日变衰。醉卧黄公肆，人知我是谁？

答卜者

病眼昏似夜，衰鬓飔①如秋。除却须衣食，平生百事休。知君善《易》②者，问我决疑不。不卜非他故，人间无所求。

----

①飔（sà）：同"飒"，衰也。　　②《易》为古卜筮之书；善《易》，即善卜也。

东园玩菊

少年昨已去，芳岁今又阑。如何寂寞意，复此荒凉园？园中独立久，日淡风露寒。秋蔬尽芜没，好树亦凋残。唯有数丛菊，新开篱落间。携觞聊就酌，为尔一留连。忆我少小日，易为兴所牵。见酒无时节，未饮已欣然。近从年长来，渐觉取乐难。常恐更衰老，强饮亦无欢。顾谓尔菊花，后时何独鲜？诚知不为我，借尔暂开颜。

舟行江州路上作①

帆影日渐高，闲眠犹未起。起问鼓枻②人，已行三十里。船头有行灶，炊稻烹红鲤。饱食起婆娑③，盥漱秋江水。平生沧浪④意，一旦来游此。何况不失家，舟中载妻子。

----

①作者以元和十年（时年四十四）由赞善大夫出贬江州司马。江州治浔阳，即今江西九江。（参看《导言》）　②枻：楫也。《楚辞·渔父》："鼓枻而去。"　③《尔雅》："婆娑，舞也。"　④《楚辞·渔父》："歌曰：'沧浪之水清兮，可以濯吾缨；沧浪之水浊兮，可以濯吾足。'"注："清，喻明时，可以修饰冠缨而仕；浊，喻乱世，可以抗足而去。"沧浪：即汉水也。

访陶公旧宅并序

予夙慕陶渊明为人，往岁渭上闲居，尝有《效陶体》诗十六首。今游庐山，经柴桑，过栗里①。思其人，访其宅，不能默默，又题此诗云。

----

①《江州志》："先生始居上京山，星子西七里。戊午六月火，迁柴桑山，九江西南九十里，古栗里，今之楚城乡也。"

垢尘不污玉，灵凤不啄膻。呜呼陶靖节！生彼晋宋间①。

心实有所守，口终不能言。永惟孤竹子②，拂衣首阳山。夷齐各一身，穷饿未为难。先生有五男③，与之同饥寒。肠中食不充，身上衣不完。连征竟不起，斯可谓真贤④。我生君之后，相去五百年⑤。每读《五柳传》⑥，目想心拳拳。昔尝咏遗风，著为十六篇。今来访故宅，森若⑦君在前。不慕尊有酒，不慕琴无弦⑧。慕君遗荣利，老死在丘园。柴桑古村落，栗里旧山川。不见篱下菊，但余墟中烟⑨。子孙虽无闻，族氏犹未迁。每逢姓陶人，使我心依然。

----

①萧统《陶渊明传》："卒时年六十三，世号靖节先生。"渊明生于晋哀帝隆和三年，卒于宋文帝元嘉四年。宋武帝刘裕受禅时，渊明年五十六。　②《史记·伯夷列传》："伯夷叔齐，孤竹君之二子也。"孤竹：古国名，今河北卢龙县西北。　③陶渊明《责子诗》："……虽有五男儿，总不好纸笔。"五男名俨，俟，份，佚，佟。（见《与子俨等疏》）　④萧统《陶渊明传》："召主簿，不就……征著作郎，不就……元嘉四年，将复征命，会卒。"　⑤陶生于公元365年，白生于772年，相去四百零七年。五百年，言其大数也。　⑥见《效陶潜体诗》其十二注④。　⑦森若：犹森然，言一一如在目前也。　⑧见《丘中有一士》注②。　⑨陶渊明《饮酒诗》："采菊东篱下，悠然见南山。"又《归田园居》："暧暧远人居，依依墟里烟。"

答 故 人

　　故人对酒叹，叹我在天涯。见我昔荣遇，念我今蹉跎。
问我为司马，官意复如何？答云且勿叹，听我为君歌。我本
蓬荜人①，鄙贱剧泥沙。读书未百卷，信口嘲风花。自从筮
仕②来，六命三登科③。顾惭虚劣姿，所得亦已多。散员足庇
身，薄俸可资家。省分辄自愧，岂为不遇耶？烦君对杯酒，为
我一咨嗟。

----

　　①蓬、荜：并草名。荜门蓬户，贫贱者之所居也。
②筮仕：谓欲仕而筮之也。《左传》："毕万筮仕于晋。"　　③《周
礼·大宗伯》："以九仪之命，正邦国之；一命受职，再命受服，
三命受位，四命受器，五命受则，六命赐官，七命赐国，八命受
牧，九命受伯。"《唐书·陆贽传》："请以三科登隽乂，三科曰茂
异，贤良，干蛊。"

香炉峰下新置草堂，即事咏怀，题于石上

　　香炉峰①北面，遗爱寺②西偏；白石何凿凿，清流亦潺
潺。有松数十株，有竹千余竿。松张翠伞盖，竹倚青琅玕③。
其下无人居，惜哉多岁年！有时聚猿鸟，终日空风烟。时有
沉冥子，姓白字乐天。平生无所好，见此心依然。如获终老
地，忽乎不知还。架岩结茅宇，劚壑开茶园。何以洗我耳，

屋头飞落泉。何以净我眼，砌下生白莲。左手携一壶，右手
挈五弦。傲然意自足，箕踞④于其间。兴酣仰天歌，歌中聊
寄言。言我本野夫，误为世网牵。时来昔捧日⑤，老去今归
山。倦鸟得茂树，涸鱼反清源。舍此欲焉往？人间多险艰。

----

  ①香炉峰：在九江西南三十里，庐山之北，奇峰突兀，状
如香炉，故名。 ②遗爱寺：在香炉峰北。作者《庐山草堂
记》云："匡庐奇秀甲天下山，山北峰曰香炉，峰北寺曰遗爱，
寺介峰寺间，其境胜绝。" ③琅玕石似玉者，状竹之光翠，
寻常遂以青琅玕为竹。 ④箕踞：谓曲两脚而坐，其形如箕。
⑤《魏志·程昱传》注："昱少时梦上泰山；两手捧日，昱私异
之，以语荀彧。彧白太祖。太祖曰：'卿终当为我腹心。'昱本
名'立'，太祖乃加其上'日'，更名'昱'也。"后遂以"捧
日"为事君。

烹　葵

  昨卧不夕食，今起乃朝饥。贫厨何所有？炊稻烹秋葵。
红粒香复软，绿英滑且肥。饥来止于饱，饱后复何思？忆昔
荣遇日，迨今穷退时。今亦不冻馁，昔亦无余资。口既不减
食，身又不减衣。抚心私自问，何者是荣衰？勿学常人意，
其间分是非。

弄龟罗

　　有侄始六岁，字之为阿龟。有女生三年，其名曰罗儿。一始学笑语，一能诵歌诗。朝戏抱我足，夜眠枕我衣。汝生何其晚？我年行已衰。物情小可念，人意老多慈。酒美竟须坏，月圆终有亏。亦如恩爱缘，乃是忧恼资。举世同此累，吾安能去之？

题座隅

　　手不任执殳①，肩不能荷锄。量力揆所用，曾不敌一夫。幸因笔砚功，得升仕进途。历官凡五六，禄俸及妻孥。左右有兼仆，出入有单车②。自奉虽不厚，亦不至饥劬③。若有人及此，傍观为何如？虽贤亦为幸，况我鄙且愚。伯夷古贤人，鲁山④亦其徒。时哉无奈何！俱化为饿殍。念彼益自愧，不敢忘斯须。平生荣利心，破灭无遗余。犹恐尘妄起，题此于座隅。

----

　　①殳（shū）：兵器，长一丈二寸，无刃。《诗经·卫风》："伯也执殳，为王前驱。"　　②《汉书·循吏传》："龚遂为渤海太守，单车独行到府，郡中翕然。"　　③劬（qú）：勤劳。④自注：元鲁山山居阻水，食绝而终。

赎　鸡

　　清晨临江望，水禽正喧繁。凫雁与鸥鹭，游飏戏朝暾。适有鬻鸡者，挈之来远村。飞鸣彼何乐？窘束此何冤？喔喔十四雏，罩缚同一樊。足伤金距蹜①，头抢②花冠翻。经宿废饮啄，日高诣屠门。迟回未死间，饥渴欲相吞。常慕古人道，仁信及鱼豚。见兹生恻隐，赎放双林园。开笼解索时，鸡鸡听我言。"与尔镪三百，小惠何足论？莫学衔环雀，崎岖谩报恩③。"

----

　　①《左传》："季郈之鸡斗，季氏介其鸡，郈氏为之金距。"注："金距，施金芒于距也。"此处仅作鸡爪解。蹜：举足促狭也。　　②抢：触也。　　③庾信《谢周明帝赐丝布等启》："蓬莱报恩之雀，白玉四环。"

食　后

　　食罢一觉睡，起来两瓯茶。举头看日影，已复西南斜。乐人惜日促，忧人厌年赊。无忧无乐者，长短任生涯。

题旧写真图

　　我昔三十六，写貌在丹青。我今四十六，衰颓卧江城。

岂止十年老？曾与众苦并。一照旧图画，无复昔仪形。形影
默相顾，如弟对老兄。况使他人见，能不昧平生？羲和①鞭
日走，不为我少停。形骸属日月，老去何足惊？所恨凌烟阁，
不得尽功名②。

----

　　①《广雅》："日御谓之羲和。"　　②《唐书·太宗纪》："十
七年二月戊申，图功臣于凌烟阁。"韦述《西京记》："太极宫有
凌烟阁，在凝阴殿内。"

长庆二年七月，自中书舍人出守杭州，路次蓝溪作①

　　太原一男子，自顾庸且鄙。老逢不次②恩，洗出拔泥滓。
既居可言地③，愿助朝廷理。伏阁三上章，戆愚不称旨。圣
人存大体，优贷容不死。凤诏停舍人，鱼书除刺史④。宴怀
齐宠辱，委顺随行止。我自得此心，于兹十年矣。余杭⑤乃
名郡，郡郭临江汜⑥。已想海门山⑦，潮声来入耳。昔予贞
元末，羁旅曾游此。甚觉太守尊，亦谙鱼酒美。因生江海兴，
每羡沧浪水⑧。尚拟拂衣行，况今兼禄仕？青山峰峦接，白
日烟尘起。东道既不通，改辕遂南指⑨。自秦穷楚越，浩荡
五千里。闻有贤主人，而多好山水。是行颇为惬，所历良可
纪。策马渡蓝溪，胜游从此始。

----

　　①参看《导言》。蓝溪：即灞水，在陕西蓝田南。　　②不
次：谓不依寻常之等次也。《汉书·东方朔传》："待以不次之

位。"　　③作者尝为左拾遗，掌供奉讽谏，故曰"可言地"。
④凤诏：天子之诏也。鱼书：即鱼符。《野客丛谈》："唐故事：
以左鱼给郡守，右鱼留郡库；每郡守之官，以左鱼合郡库之右
鱼为信。"　　⑤余杭：郡名，故城在今浙江杭州之西。
⑥汜：水之歧流复还本水者。　　⑦钱塘江入海处有龛、赭二
山，南北对峙如门。潮汐为二山所束，势极湍悍，其来如万马
奔腾。　　⑧沧浪：水清貌。　　⑨《年谱》："时汴河道未通，
取襄阳路赴任。"

初出城留别

　　朝从紫禁①归，暮出青门②去。勿言城东陌，便是江南
路。扬鞭簇③车马，挥手辞亲故。我生本无乡，心安是归处。

----

　　①以星之紫微垣比帝居，故称宫禁曰紫禁。　　②青门：
见前《寄隐者》注①。　　③簇：聚也。

宿蓝溪对月①

　　昨夜凤池②头，今夜蓝溪口。明月本无心，行人自回首。
新秋松影下，半夜钟声后。清影不宜昏，聊将茶代酒。

----

　　①一作"宿蓝桥题月"。　　②凤池：即凤凰池，禁苑中池
沼，中书省所在之地也，亦称"凤沼"。

自望秦赴五松驿，马上偶睡，睡觉成吟

长途发已久，前馆行未至。体倦目已昏，瞌然遂成睡。右袂尚垂鞭，左手暂委辔。忽觉问仆夫，才行百步地。形神分处所，迟速相乖异。马上几多时，梦中无限事。诚哉达人语，百龄同一寐。

桐树馆重题

阶前下马时，梁上题诗处。惨淡病使君，萧疏老松树。自嗟还自哂，又向杭州去。

感旧纱帽①

昔君乌纱帽，赠我白头翁。帽今在顶上，君已归泉中。物故犹堪用，人亡不可逢。岐山②今夜月，坟树正秋风。

----

①自注：帽即故李侍郎所赠。　　②岐山：在今陕西岐山西北。

马上作

处世非不遇，荣身颇有余。勋为上柱国，爵乃朝大夫①。自问有何才？两入承明庐②。又问有何政？再驾朱轮车③。矧予东山④人，自惟朴且疏。弹琴复有酒，但慕嵇阮⑤徒。暗被乡里荐，误上贤能书。一列朝士籍，遂为世网拘。高有矰缴忧，下有陷阱虞。每觉宇宙窄，未尝心体舒。蹉跎二十年，颔下生白须。何言左迁去，尚获专城居⑥。杭州五千里，往若投渊鱼。虽未脱簪组，且来泛江湖。吴中多诗人，亦不少酒沽，高声咏篇什，大笑飞杯盂。五十未全老，尚可且欢娱。用兹送日月，君以为何如？秋风起江上，白日落路隅。回首语五马，去矣勿踟蹰⑦。

----

①《国策》："楚之法，覆军杀将者，官为上柱国。"隋唐至明，均以上柱国为勋官之最尊者。按《年谱》，作者以长庆元年加朝散大夫又转上柱国，除中书舍人。　　②承明庐：汉时侍从之臣所居之处。应璩《百一诗》："问我何功德，两入承明庐。"③朱轮车：贵者所乘之车也。《汉书·刘向传》："王氏一姓乘朱轮华毂者三十三人。"　④东山：晋时谢安栖隐游宴之所，在今浙江上虞西南四十五里。　⑤嵇阮：嵇康、阮籍，并晋时人，以放荡不羁称者。　⑥左迁：降职也。专城：古州牧太守之称，言其权力能为一城之主也。《古乐府》："三十侍中郎，四十专城居。"　⑦《古乐府·陌上桑》："使君从南来，五马立踟蹰。"《汉官仪》："四马载车，此常礼也；惟太守出则增一马，故称五马。"踟蹰：不进貌。

登商山最高顶①

高高此山顶，四望唯烟云。下有一条路，通达楚与秦。或名诱其心，或利牵其身。乘者与负者，来去何纷纭！我亦斯人徒，未能出嚣尘。七年三往复②，何得笑他人？

----

①商山：在陕西商州东。　　②按《年谱》，作者以元和十年出为江州司马，经此；十五年由忠州召还京，复经此；长庆二年除杭州刺史，再经此。故曰"七年三往复"也。

初领郡政衙退登东楼作①

鳏茕心所念，简牍手自操。何言符竹贵？未免州县劳。赖是余杭郡，台榭绕官曹。凌晨亲政事，向晚恣游遨。山冷微有雪，波平未生涛。水心如镜面，千里无纤毫。直下江最阔，近东楼更高。烦襟与滞念，一望皆遁逃。

----

①此到杭州后作。

郡　亭

平旦①起视事，亭午②卧掩关。除亲簿领外，多在琴书前。况有虚白亭③，坐见海门山。潮来一凭槛，宾至一开筵。终朝对云水，有时听管弦。持此聊过日，非忙亦非闲。山林太寂寞，朝阙空喧烦。唯兹郡阁内，嚣静得中间。

----

①平旦：天平明时也。　②亭午：当午也。　③作者《冷泉亭记》："先是领郡者，有相里尹造作虚白亭。"

咏 怀

昔为凤阁①郎，今为二千石②。自觉不如今，人言不如昔。昔虽居近密，终日多忧惕。有诗不敢吟，有酒不敢吃。今虽在疏远，竟岁无牵役。饱食坐终朝，长歌醉通夕。人生百年内，疾速如过隙③。先务身安闲，次要心欢适。事有得而失，物有损而益。所以见道人，观心不观迹。

----

①凤阁：中书省。　②二千石：太守秩也。　③《史记·留侯世家》："人生一世间，如白驹过隙。"喻其疾速也。

感伤古调诗

寄江南兄弟

　　分散骨肉恋，趋驰名利牵。一奔尘埃马，一泛风波船。忽忆分手时，悯默秋风前。别来朝复夕，积日成七年。花落城中池，春深江上天。登楼东南望，鸟灭烟仓然。相去复几许？道里近三千。平地犹难见，况乃隔山川？

曲江早秋①

　　秋波红蓼水，夕照青芜岸。独信马蹄行，曲江池②四畔。早凉晴后至，残暑暝来散。方喜炎燠销，复嗟时节换。我年三十六，冉冉昏复旦。人寿七十稀，七十新过半。且当对酒笑，勿起临风叹③。

------

　　①自注：二年作。按即宪宗元和二年丁亥。　　②曲江池：即曲江，唐时长安游赏胜地。　　③谢庄《月赋》："临风叹兮将焉歇？川路长兮不可越。"

赠卖松者

一束苍苍色，知从涧底来。劚掘经几日？枝叶满尘埃。不买非他意，城中无地栽。

初见白发

白发生一茎，朝来明镜里。勿言一茎少，满头从此始。青山方远别，黄绶①初从仕。未料容发间，蹉跎忽如此。

----

①黄绶：即黄组，所以承印环者。

别元九后咏所怀①

零落桐叶雨，萧条槿花②风。悠悠早秋意，生此幽闲中。况与故人别，中怀正无悰③。勿云不相送，心到青门东。相知岂在多？但问同不同。同心一人去，坐觉长安空。

----

①元九：元稹。元和五年，稹以监察御史贬为江陵士曹。作者时为左拾遗，上疏论救，不报。　　②槿：木槿，夏秋之交开花。　　③谢朓诗："戚戚苦无悰，携手共行乐。"无悰：不乐也。

早秋曲江感怀

离离暑云散，袅袅凉风起。池上秋又来，荷花半成子。朱颜自销歇，白日无穷已，人寿不如山，年光忽于水。青芜与红蓼，岁岁秋相似。去岁此悲秋①，今我复来此。

----

①前有《曲江早秋》诗。

别舍弟后月夜

悄悄初别夜，去住两盘桓①。行子孤灯店，居人明月轩。平生共贫苦，未必日成欢。及此暂为别，怀抱已忧烦。况是庭叶尽，复思山路寒。如何为不念，马瘦衣裳单。

----

①盘桓：不进貌。班固《幽通赋》："伫盘桓而且俟。"

金銮子晬日①

行年欲四十，有女曰金銮。生来始周岁，学坐未能言。惭非达者怀，未免俗情怜。从此累身外，徒云慰目前。若无夭折患，则有婚嫁牵。使我归山计，应迟十五年。

----

①晬（zuì）：婴儿周岁。

初与元九别后，忽梦见之；及寤而书适至，兼寄《桐花》诗，怅然感怀，因以此寄①

　　永寿寺②中语，新昌坊③北分。归来数行泪，悲事不悲君。悠悠蓝田路④，自去无消息。计君食宿程，已过商山北⑤。昨夜云四散，千里同月色。晓来梦见君，应是君相忆。梦中握君手，问君意何如？君言苦相忆，无人可寄书。觉来未及说，叩门声冬冬。言是商州⑥使，送君书一封。枕上忽惊起，颠倒着衣裳⑦。开缄见手札，一纸十三行。上论迁谪心，下说离别肠。心肠都未尽，不暇叙炎凉。云作此书夜，夜宿商州东。独对孤灯坐，阳城山⑧馆中。夜深作书毕，山月向西斜。月下何所有？一树紫桐花。桐花半落时，复道正相思。殷勤书背后，兼寄《桐花》诗。《桐花》诗八韵，思绪一何深！以我今朝意，忆君此夜心。一章三遍读，一句十回吟。珍重八十字，字字化为金。

----

　　①自注：元九初谪江陵。　　②永寿寺：在长安永安坊。《寺塔记》："永安坊永寿寺三门东，吴道子画佛殿名'会仙'，本是内中梳洗殿。"　　③《玉海》："祥符九年，以新昌坊第一区为皇亲礼会院。"　　④见《宿蓝溪对月》诗注①。　　⑤见《登商山最高顶》诗注①。　　⑥商州：属陕西。　　⑦《诗经》："东方未明，颠倒衣裳。"　　⑧阳城山：在今河南登封东北。

重到渭上旧居①

旧居清渭曲，开门当蔡渡②。十年方一还，几欲迷归路③。追思昔日行，感伤故游处。插柳作高林，种桃成老树。因惊成人者，尽是旧童孺。试问旧老人，半为绕村墓。浮生同过客，前后递来去。白日如弄珠，出没光不住。人物日改变，举目悲所遇。回念念我身，安得不衰暮？朱颜销不歇，白发生无数。唯有山门外，三峰色如故。

①按《年谱》，元和六年四月，作者丁母陈县君丧，退居渭上。　　②蔡渡：渭河上渡名。　　③作者以贞元二十年始卜居渭上，至此前后八年。

白　发

白发知时节，暗与我有期。今朝日阳里，梳落数茎丝。家人不惯见，悯默为我悲。我云何足怪？此意尔不知。凡人年三十，外壮中已衰。但思寝食味，已减二十时。况我今四十，本来形貌羸。书魔昏两眼，酒病沉四肢。亲爱日零落，在者仍别离。身心久如此，白发生已迟。由来生老死，三病长相随①。除却念无生②，人间无药治。

①佛家以生老病死为人生之四苦。　　②《传灯录》："禅寂无生。"王维诗："欲知除老病，惟有学无生。"

将之饶州①，江浦夜泊

明月满深浦，愁人卧孤舟。烦冤寝不得，夏夜长于秋。苦乏衣食资，远为江海游。光阴坐迟暮，乡国行阻修。身病向鄱阳，家贫寄徐州。前事与后事，岂堪心并忧？忧来起长望，但见江水流。雪树蔼苍苍，烟波淡悠悠。故园迷处所，一念堪白头。

----

①饶州：今江西鄱阳。

秋暮西归，途中书情

耿耿旅灯下，愁多常少眠。思乡贵早发，发在鸡鸣前。九月草木落，平芜连远山。秋阴和曙色，万木苍苍然。去秋偶东游，今秋始西旋。马瘦衣裳破，别家来二年。忆归复愁归，归无一囊钱。心虽非兰膏①，安得不自燃②？

----

①兰膏：以兰香所炼之膏也。《楚辞》："兰膏明烛，容华备些。"　②自燃：犹自煎。《庄子》："膏火自煎也。"《淮南子》："膏以明自煎。"

留　别

秋凉卷朝簟，春暖撤夜衾。虽是无情物，欲别尚沉吟。

况与有情别，别随情浅深。二年欢笑意，一旦东西心。独留诚可念，同行力不任。前事讵能料，后期谅难寻。惟有潺湲泪，不惜共沾襟。

晓　别

晓鼓声已半，离筵坐难久。请君断肠歌，送我和泪酒。月落欲明前，马嘶初别后。浩浩暗尘中，何由见回首？

北　园

北园东风起，杂花次第开。心知须臾落，一日三四来。花下岂无酒？欲酌复迟回。所思眇千里，谁劝我一杯？

照　镜

皎皎青铜镜，斑斑白丝鬓。岂复更藏年？实年君不信。

秋　月

夜初色苍然，夜深光浩然。稍转西廊下，渐满南窗前。况是绿芜地，复兹清露天。落叶声策策，惊鸟影翩翩。栖禽尚不稳，愁人安可眠？

朱 陈 村

徐州古丰县①，有村曰朱陈。去县百余里，桑麻青氛氲。机梭声札札，牛驴走纭纭。女汲涧中水，男采山上薪。县远官事少，山深人俗淳。有财不行商，有丁不入军。家家守村业，头白不出门。生为村之民，死为村之尘。田中老与幼，相见何欣欣！一村唯两姓，世世为婚姻②。亲疏居有族，少长游有群。黄鸡与白酒，欢会不隔旬。生者不远别，嫁娶先近邻。死者不远葬，坟墓多绕村。既安生与死，不苦形与神。所以多寿考，往往见玄孙。

----

①丰县：汉置，今江苏徐州属县。　②自注：其村惟朱陈二姓而已。

我生礼义乡，少小孤且贫。徒学辨是非，只自取辛勤。世法贵名教，士人重官婚。以此自桎梏，信为大谬人。十岁解读书，十五能属文。二十举秀才，三十为谏臣。下有妻子累，上有君亲恩。承家与事国，望此不肖身。忆昨旅游初，迨今十五春。孤舟三适楚，羸马四经秦。昼行有饥色，夜寝无安魂。东西不暂住，来往若浮云。离乱失故乡，骨肉多散分。江南与江北，各有平生亲。平生终日别，逝者隔年闻。朝忧卧至暮，夕哭坐达晨。悲火烧心曲，愁霜侵鬓根。一生苦如此，长羡村中民。

叹老三首

　　晨兴照青镜，形影两寂寞。少年辞我去，白发随梳落。万化成于渐，渐衰看不觉。但恐镜中颜，今朝老于昨。人生少满百，不得长欢乐。谁会天地心？千龄与龟鹤。吾闻善医者，今古称扁鹊①。万病皆可治，唯无治老药。

----

　　①扁鹊：春秋时之名医，受禁方于长桑君，因以医名世。

　　我有一握发，梳理何稠直！昔似玄云光，今如素丝色。匣中有旧镜，欲照先叹息。自从头白来，不欲明磨拭。鸦头与鹤颈，至老常如墨。独有人鬓毛，不得终身黑。

　　前年种桃核，今岁成花树。去岁新婴儿，今年已学步。但惊物长成，不觉身衰暮。去矣欲何如！少年留不住。因书今日意，遍寄诸亲故。壮岁不欢娱，长年当悔悟。

同友人寻涧花

　　闻有涧底花，贳得村中酒。与君来校迟，已逢摇落后。临觞有遗恨，怅望空溪口。记取花发时，期君重携手。我生日日老，春色年年有。且作来岁期，不知身健否？

观 儿 戏

髫龀七八岁，绮纨三四儿。弄尘复斗草，尽日乐嬉嬉。堂上长年客，鬓间新有丝。一看竹马戏，每忆童骏时。童骏饶戏乐，老大多忧悲。静念彼与此，不知谁是痴？

以镜赠别

人言似明月，我道胜明月。明月非不明，一年十二缺。岂如玉匣里，如水常澄澈？月破天暗时，圆明独不歇。我惭貌丑老，绕鬓斑斑雪。不如赠少年，回照青丝发。因君千里去，持此将为别。

城上对月期友人不至

古人惜昼短，劝令秉烛游。况此迢迢夜，明月满西楼。复有尊中酒，置在城上头。期君君不至，人月两悠悠。照水烟波白，照人肌发秋。清光正如此，不醉即须愁。

念金銮子二首

衰病四十身，娇痴三岁女。非男犹胜无，慰情时一抚①。一朝舍我去，魂影无处所。况念夭札时，呕哑初学语！始如骨肉爱，乃是忧悲聚。惟思未有前，以理遣伤苦。忘怀日已久，三度移寒暑。今日一伤心，因逢旧乳母。

----

①陶渊明诗："弱女虽非男，慰情聊胜无。"

　　与尔为父子，八十有六旬。忽然又不见，迩来三四春。形质本非实，气聚偶成身。恩爱元是妄，缘合暂为亲。念兹庶有悟，聊用遣悲辛。暂将理自夺，不是忘情人。

对　酒

　　人生一百岁，通计三万日。何况百岁人，人间百无一？贤愚共零落，贵贱同埋没。东岱①前后魂，北邙②新旧骨。复闻药误③者，为爱延年术。又有忧死者，为贪政事笔。药误不得老，忧死非因疾。谁言人最灵？知得不知失。何如会亲友，饮此杯中物？能沃烦虑消，能陶真性出。所以刘阮辈④，终年醉兀兀。

----

①东岱：东岳泰山也。　　②北邙：山名，在河南洛阳东北，后汉王侯公卿多葬此。　　③古诗："服食求神仙，多为药所误。"　　④刘：刘伶，字伯伦；阮：阮籍，字嗣宗。皆晋时人，嗜饮，终日沉醉。

喜友至留宿

村中少宾客，柴门多不开。忽闻车马至，云是故人来。况值风雨夕，愁心正悠哉。愿君且同宿，尽此手中杯。人生开口笑，百年都几回①。

----

①《庄子》："上寿百岁，中寿八十，下寿六十；除病瘦死丧，其中开口而笑者，一月之中，不过四五日而已。"

沐 浴

经年不沐浴，尘垢满肌肤。今朝一澡濯，衰瘦颇有余。老色头鬓白，病形支体虚。衣宽有剩带，发少不胜梳。自问今年几？春秋四十初。四十已如此，七十复何如？

自觉二首

四十未为老，忧伤早衰恶。前岁二毛生①，今年一齿落。形骸日损耗，心事同萧索。夜寝与朝飧，其间味亦薄。同岁崔舍人，容光方灼灼。始知年与貌，衰盛随忧乐。畏老老转逼，忧病病弥缚。不畏复不忧，是除老病药。

----

①二毛：谓发花白也。《左传》："不禽二毛。"

朝哭心所爱，暮哭心所亲。亲爱零落尽，安用身独存？几许平生欢，无限骨肉恩。结为肠间痛，聚作鼻头辛。悲来四支缓，泣尽双眸昏。所以年四十，心如七十人。我闻浮图教①，中有解脱②门。置心为止水③，视身如浮云。斗擞垢秽衣，度脱生死轮④。胡为恋此苦，不去犹逡巡？回念发弘愿？愿此见在身。但受过去报，不结将来因。誓以智慧水，永洗烦恼尘。不将思爱子，更种悲忧根。

----

①浮图教：佛教也。浮图或作"浮屠"，即"佛陀"之异译。　②佛家谓此心自在，解除一切尘累，为解脱。
③止水：不流动之水也。《庄子》："人莫鉴于流水，而鉴于止水。"
④度脱：佛家语，犹言超度。轮：轮回也。

夜雨有念

以道治心气，终岁得晏然。何乃戚戚意，忽来风雨天？既非慕荣显，又不恤饥寒。胡为悄不乐，抱膝残灯前？形影暗相问，心默对以言。骨肉能几人？各在天一端。吾兄寄宿州①，吾弟客东川②。南北五千里，吾身在中间。欲去病未能，欲住心不安。有如波上舟，此缚而彼牵。自我向道来，于今六七年。炼成不二③性，消尽千万缘。唯有恩爱火，往往犹熬煎。岂是药无效？病多难尽蠲。

①宿州：今安徽宿州。　②东川：四川之东部也，唐置东川节度。　③《维摩经》："文殊问维摩诘：'何等是不二法门？'维摩诘默然不应。文殊曰：'善哉，善哉！'乃无有文字语言，是真入不二法门。"萧统《答法云请开讲书》："不二之门，寂焉无响。"

送　春

三月三十日，春归日复暮。惆怅问春风，明朝应不住。送春曲江上，眷眷东西顾。但见扑水花，纷纷不知数。了生似行客，两足无停步。日日进前程，前程几多路？兵刀与水火，尽可违之去。唯有老到来，人间无避处。感时良为已，独倚池南树。今日送春心，心如别亲故。

哭李三

去年渭水曲，秋时访我来。今年常乐里，春日哭君回。哭君仰问天，天意安在哉？若必夺其寿，何如不与才？落然身后事，妻病女婴孩。

夜闻歌者①

夜泊鹦鹉洲②，秋江月澄澈。邻船有歌者，发调堪愁绝。

歌罢继以泣，泣声通复咽。寻声见其人，有妇颜如雪。独倚帆樯立，娉婷十七八。夜泪似真珠，双双堕明月。借问谁家妇？歌泣何凄切？一问一沾襟，低眉终不说。

----

①自注：宿鄂州。鄂州，今属湖北。　　②鹦鹉洲：原在今武汉汉阳江中。今已没。

感　情

中庭曝①服玩，忽见故乡履。昔赠我者谁？东邻婵娟子②。因思赠时语，特用结终始。永愿如履綦，双行复双止。自吾谪江都，漂荡三千里。为感长情人，提携同到此。今朝一惆怅，反覆看未已。人只履犹双，何曾得相似？可嗟复可惜，锦表绣为里。况经梅雨来，色黯花草死。

----

①曝：俗"晒"字。　　②婵娟子：美女也。

早　蝉

月出先照山，风生先动水。亦如早蝉声，先入闲人耳。一闻愁意结，再听乡心起。渭上新蝉声，先听浑相似。衡门①有谁听？日暮槐花里。

----

①衡门：横木为门，贫贱者之所居也。

司马厅独宿

荒凉满庭草，偃亚①侵檐竹。府吏下厅帘，家童开被幞②。数声城上漏，一点窗间烛。官曹冷似冰，谁肯来同宿？

----

①偃亚：低矮貌。　　②幞（fú）：幞头。古代男子用的一种头巾。

梦与李七庚三十三同访元九

夜梦归长安，见我故亲友。损之在我左，顺之在我右。云是二月天，春风出携手。同过靖安里，下马寻元九。元九正独坐，见我笑开口。还指西院花，仍开北亭酒。如言各有故，似惜欢难久。神合俄顷间，神离欠伸后。觉来疑在侧，求索无所有。残灯影闪墙，斜月光穿牖。天明西北望，万里君知否？老去无见期，踟蹰搔白首①。

----

①《诗经》："爱而不见，搔首踟蹰。"言以手搔发而有所思也。

初入峡有感

上有万仞山，下有千丈水。苍苍两崖间，阔狭容一苇。瞿塘呀直泻，滟滪屹中峙①。未夜黑岩昏，无风白浪起。大

石如刀剑，小石如牙齿。一步不可行，况千三百里②？苒蒻
竹篾笕③，欹危楫师趾。一跌无完舟，吾生系于此。常闻仗
忠信，蛮貊可行矣。自古漂沉人，岂尽非君子？况吾时与命，
蹇舛不足恃。常恐不才身，复作无名死。

----

①瞿塘：川楚间三峡之一。滟滪：险滩，在瞿塘峡口。《国
史补》："蜀之三峡，最号峻急；四月五月尤险。故行者为之歌
曰：滟滪大如牛，瞿塘不可留；滟滪大如马，瞿塘不可下。"
②自注：自峡州至忠州，滩险相继，凡一千三百里。　　③笕
(niàn)：竹索也。

过昭君村①

灵珠产无种，彩云出无根。亦如彼姝子②，生此遐陋村。
至丽物难掩，遽选入君门。犹美众所嫉，终弃于塞垣。唯此
希代色，岂无一顾恩？事排势须去，不得由至尊。白黑既可
变，丹青何足论③？竟埋代北骨，不返巴东魂。惨淡晚云水，依
稀旧乡园。妍姿化已久，但有村名存。村中有遗老，指点为
我言。不取往者戒，恐贻来者冤。至今村女面，烧灼成瘢痕。

----

①自注：村在归州东北四十里。按：归州，今湖北秭归。
②《诗经》："彼姝者子，在我室矣。"姝：女之美者。　　③《西
京杂记》："元帝后宫既多，不得常见，乃使画工图其形，按图
召幸。宫人皆赂画工，多者十万，少者亦不减五万。昭君自恃

容貌，独不肯与。工人乃丑图之，遂不得见。后匈奴入朝求美人为阏氏，帝按图以昭君行。及君见，貌为后官第一；善应对，举止闲雅。帝悔之，而名籍已定；方重信于外国，故不复更人，乃重按其事。画工有毛延寿（等）同日弃市。"

自江州至忠州①

前在浔阳日，已叹宾朋寡。忽忽抱忧怀，出门无处写②。今来转深僻，穷峡巅山下。五月断行舟，滟堆正如马③。巴人类猿狖，矍铄满山野。敢望见交亲，喜逢似人者。

----

①忠州：今重庆忠县。按《年谱》，作者以元和十三年十二月除忠州刺史，十四年三月二十六日到忠州。　②《诗经》："我心写兮。"谓舒泄也。　③见《初入峡有感》诗注①。

南宾①郡斋即事寄杨万州

山上巴子城，山下巴江水。中有穷独人，强名为刺史。时时窃自哂，刺史岂如是？仓粟喂家人，黄缣裹妻子②。莓苔翳冠带，雾雨霾楼雉。衙鼓暮复朝，郡斋卧还起。回头望南浦③，亦在烟波里。而我复何嗟？夫君④犹滞此。

----

①《唐书·地理志》："忠州南宾县，武德二年析浦州之武宁置。"　②自注：忠州刺史以下，悉以畬田粟给禄食，黄绢支俸。③南浦：在今武汉武昌南。　④夫君：犹言此君，谓杨万州。

招萧处士

峡内岂无人？所逢非所思。门前亦有客，相对不相知。仰望但云树，俯顾惟妻儿。寝食起居外，端然无所为。东郊萧处士，聊可与开眉。能饮满杯酒，善吟长句诗。庭前吏散后，江畔路干时。请君携竹杖，一赴郡斋期。

东城寻春

老色日上面，欢情日去心。今既不如昔，后当不如今。今犹未衰甚，每事力可任。花时仍爱出，酒后尚能吟。但恐如此兴，亦随日消沉。东城春欲老，勉强一来寻。

花下对酒二首

蔼蔼江气春，南宾闰正月。梅樱与桃杏，次第城上发。红房烂簇火，素艳粉团雪。香惜委风飘，愁牵压枝折。楼中老太守，头上新白发。冷淡病心情，暄和好时节。故园音信断，远郡亲宾绝。欲问花前尊，依然为谁设？

引手攀红樱，红樱落似霰。仰首看白日，白日走如箭。年芳与时景，顷刻犹衰变。况是血肉身，安能长强健？人心苦迷执，慕贵忧贫贱。愁色常在眉，欢容不上面。况吾头半白，把镜非不见。何必花下杯，更待他人劝？

我　身

我身何所似？似彼孤生蓬。秋霜剪根断，浩浩随长风。昔游秦雍间，今落巴蛮中。昔为意气郎，今作寂寥翁。外貌虽寂寞，中怀颇冲融。赋命有厚薄，委心任穷通。通当为大鹏，举翅摩苍穹。穷则为鹪鹩，一枝足自容①。苟知此道者，身穷心不穷。

----

①《庄子》："鹏之徙于南冥也，水击三千里，抟扶摇而上者九万里。"又："鹪鹩巢于深林，不过一枝。"注："鹪鹩，小鸟也。"

哭王质夫

仙游寺①前别，别来十年余。生别犹怏怏，死别复何如？客从梓潼②来，道君死不虚。惊疑心未信，欲哭复踟蹰。踟蹰寝门③侧，声发泪亦俱。衣上今日泪，箧中前月书。怜君古人风，重有君子儒④。篇咏陶谢⑤辈，风衿稽阮⑥徒。出身既蹇连⑦，生世仍须臾。诚知天至高，安得不一呼？江南有毒蟒，江北有妖狐。皆享千年寿，多于王质夫。不知彼何德，不识此何辜？

----

　　①仙游寺：在陕西周至县。（见陈鸿《长恨歌传》）　　②梓潼：唐郡，今属四川。　　③寝门：内门也。　　④《论语》："汝为君子儒，毋为小人儒。"　　⑤陶谢：陶渊明、谢灵运。⑥嵇阮：嵇康、阮籍。　　⑦蹇迍：谓蹇连，迍邅（zhūn zhān），并行路艰难之意。

郡中春宴，因赠诸客

　　仆本儒家子，待诏金马门①。尘忝亲近地，孤负圣明恩。一旦奉优诏，万里牧远人。可怜岛夷②帅，自称为使君。身骑牂牁③马，口食巴江鳞。暗淡绯衫故，斓班白发新。是时岁二月，玉历布春分。颂条示皇泽，命宴及良辰。冉冉④趋府吏，蚩蚩⑤聚州民。有如蛰虫鸟，亦应天地春。薰草席⑥铺座，藤枝酒⑦注尊。中庭无平地，高下随所陈。蛮鼓声坎坎⑧，巴女舞蹲蹲⑨。使君居上头，掩口语众宾。勿笑风俗陋，勿欺官府贫。蜂巢与蚁穴，随分有君臣。

----

　　①汉武帝使学士待诏金马门，备顾问。汉未央宫前有铜马，故曰金马门。　　②岛夷：言海岛之夷。此指巴民。《书经》："岛夷卉服。"　　③牂牁（zāng kē）：隋置郡，在今贵州德江西。④冉冉：行貌。《楚辞》："老冉冉其将至兮。"　　⑤蚩蚩：敦厚貌。《诗经》："氓之蚩蚩。"　　⑥薰草席：即苏薰席。《一统志》："苏薰席，忠州垫江县出，色深碧。"　　⑦藤枝酒：即钩

藤酒。《老学庵笔记》："辰、沅、靖州蛮，饮酒以鼻，一饮至数升，名钩藤酒，不知何物。醉则男女聚而踏歌。"　　⑧坎坎：击鼓声。《诗经》："坎其击鼓。"　　⑨蹲蹲：舞貌。《诗经》："蹲蹲舞我。"

岁　晚

霜降水返壑①，风落木归山②。冉冉岁将晏，物皆复本源。何此南迁客，五年犹未还？命迁分已定，日久心弥安。亦尝心与口，静念私自言。去国固非乐，归乡未必欢。何须自生苦，舍易求其难。

----

①《礼记》："土返其宅，水归其壑。"　　②《左传》："在《周易》：女感男，风落山，谓之蛊。"言风下落也。

逍遥咏

亦莫恋此身，亦莫厌此身。此身何足恋？万劫①烦恼根。此身何足厌？一聚虚空尘。无恋亦无厌，始自逍遥人。

----

①万劫：犹万世也。佛家谓世界一造一毁为一劫。

伤感歌行曲引杂体

短 歌 行①

　　曈曈太阳如火色，上行千里下一刻。出为白昼入为夜，圆转如珠住不得。

　　住不得，可奈何！为君举酒歌短歌。

　　歌声苦，词亦苦，四座少年君听取。今夕未竟明旦催，秋风才住春风回。人无根蒂时不驻，朱颜白日相隳颓。劝君且强笑一面，劝君复强饮一杯。人生不得长欢乐，年少须臾老到来。

----

　　①《短歌行》，为《乐府》相和平调曲。《乐府解题》曰："《短歌行》——魏武帝'对酒当歌，人生几何？'晋陆机'置酒高堂，悲歌临觞。'——皆言当及时为乐也。"

生 离 别①

　　食蘗不易食梅难，蘗能苦兮梅能酸。未如生别之为难，苦在心兮酸在肝。晨鸡再鸣残月没，征马连嘶行人出。回看骨肉哭一声，梅酸蘗苦甘如蜜。黄河水白黄云秋，行人河边相对愁。天寒野旷何处宿？棠梨叶战风飕飕。

生离别，生离别，忧从中来无断绝。忧极心劳血气衰，未年三十生白发。

----

①《生离别》，即《生别离》，为《乐府》杂曲。《楚辞》："悲莫悲兮生别离。"古诗："行行重行行，与君生别离。"

浩歌行①

天长地久无终毕，昨夜今朝又明日。鬓发苍浪牙齿疏，不觉身年四十七。前去五十有几年，把镜照面心茫然。既无长绳系白日，又无大药②驻朱颜。朱颜日渐不如故，青史③功名在何处。欲留年少待富贵，富贵不来年少去。去复去兮如长河，东流赴海无回波。贤愚贵贱同归尽，北邙④冢墓高嵯峨。古来如此非独我，未死有酒且高歌。颜回短命伯夷饿，我今所得亦已多。功名富贵须待命，命若不来知奈何？

----

①《浩歌行》，为《乐府》杂曲。《楚辞·九歌》："望美人兮不来，临风怳而浩歌。"浩，大也。唐李贺作《浩歌》。白居易始作《浩歌行》。　②方士以所炼之丹为大药。《枕中方》："凡服金丹大药，虽未去世，百邪不敢近人。"　③《大戴礼》："青史之记。"古以竹简书事，谓之削青，故谓记事之史曰"青史"。　④见《对酒》注②。

王夫子

王夫子，送君为一尉，东南三千五百里。道途虽远位虽卑，月俸犹堪活妻子。男儿口读古人书，束带敛手来从事。近将徇禄给一家，远则行道佐时理。行道佐时须待命，委身下位无为耻。命苟未来且求食，官无卑高及远迩。男儿上既未能济天下，下又不至饥寒死。吾观九品至一品，其间气味都相似。紫绶朱绂青布衫，颜色不同而已矣。王夫子，别有一事欲劝君，遇酒逢春且欢喜。

江南遇天宝乐叟

白头病叟泣且言，禄山未乱入梨园①。能弹琵琶和法曲②，多在华清③随至尊。是时天下太平久，年年十月坐朝元④。千官起居环佩合，万国会同车马奔。金钿照耀石瓮寺⑤，兰麝熏煮温汤⑥源。贵妃宛转侍君侧，体弱不胜珠翠繁。冬雪飘飘锦袍暖，春风荡漾霓裳翻。欢娱未足燕寇⑦至，弓劲马肥胡语喧⑧。豳土⑨人迁避夷狄，鼎湖龙去哭轩辕。

从此漂沦落南土，万人死尽一身存。秋风江上浪无限，暮雨舟中酒一樽。涸鱼久失风波势，枯草曾沾雨露恩。我自秦来君莫问，骊山渭水如荒村。新丰⑩树老笼明月，长生殿⑪暗锁春云。红叶纷纷盖欹瓦，绿苔重重封坏垣。唯有中官作宫使，每年寒食一开门。

---

①见《胡旋女》及《折臂翁》两诗注。　　②法曲：道观所奏之曲，其乐器有铙、钹、钟、磬、琵琶等。《唐书·音乐志》："玄宗既知音律，又酷爱法曲。"　　③华清：宫名，在西安临潼区骊山上，山有温泉。　　④《雍录》："朝元阁，在骊山。天宝七载，玄宗皇帝见于朝元阁，改名降圣阁。"　　⑤石瓮寺：在华清宫侧。王建《题石瓮寺》诗："地压龙蛇山色别，屋连宫殿匠名同。"　　⑥温汤：即温泉。　　⑦安禄山起兵渔阳。渔阳，燕地，故曰"燕寇"。　　⑧禄山本营州柳城胡，而用胡兵，故曰"胡语喧"。　　⑨龂土：长安乃古龂州地。　　⑩见《折臂翁》注②。　　⑪长生殿：见后《长恨歌传》。

送张山人归嵩阳①

黄云惨惨天微雪，循行坊西鼓声绝。张生马瘦衣且单，夜扣柴门与我别。愧君冒寒来别我，为君沽酒张灯火。酒酣火暖与君言，何事出关又入关②。答云前年偶下山，四十余月客长安。长安古来名利地，空手无金行路难。朝游九城陌③，肥马轻车欺杀客。暮宿五侯门④，残茶冷酒愁杀人。春明门外⑤城高处，直下便是嵩山路。幸有云泉容此身，明日辞君且归去。

---

①山人：谓山中隐者。嵩阳：嵩山之阳，今河南登封。

②关：谓潼关，在今陕西潼关。　　③汉长安城中有八街九陌。
（见《三辅黄图》）　　④五侯门：言贵显者之门。汉元帝舅王
谭、王逢时、王根、王立、王商，兄弟五人同日封侯，世谓之
五侯。　　　⑤《唐实录》："开元十七年五月丁卯，侍臣以下燕
于春明门外宁王宪之园池。"

醉后走笔酬刘五主簿长句之赠，兼简张大贾二十四先辈昆季

刘兄文高行孤立，十五年前名翕习①。是时相遇在符
离②，我年二十君三十。得意忘年③心迹亲，寓居同县日知
闻。衡门④寂寞朝寻我，古寺萧条暮访君。朝来暮去多携手，
穷巷贫居何所有？秋灯夜写联句诗，春雪朝倾暖寒酒。陴湖
绿爱白鸥飞，濉水⑤清怜红鲤肥。偶语闲攀芳树立，相扶醉
蹋落花归。张贾弟兄同里巷，乘间数数来相访。雨天连宿草
堂中，月夜徐行石桥上。

----

①翕习：威盛貌。左思《蜀都赋》："亦以财雄，翕习边城。"
②符离：今安徽宿州。　　③忘年：言以才识相契，忘其年岁
行辈而引与为友也。后汉孔融与祢衡为忘年交。　　④衡门：
见前《早蝉》注①。　　⑤濉水：同"睢水"。《括地志》："睢
水首受浚仪县浪荡渠水，东经临虑县入泗水。"

我年渐长忽自惊，镜中冉冉①髭须生。心畏后时同励志，

身牵前事各求名。问我栖栖何所适？乡人荐为鹿鸣客②。二千里别谢交游，三十韵诗慰行役。出门可怜唯一身，弊裘瘦马入咸秦③。鼕鼕④街鼓红尘暗，晚到长安无主人。

----

①冉冉：见《郡中春宴》诗注④。　②鹿鸣客：谓乡贡及第者。唐时宴乡贡，用少牢，歌《鹿鸣》之章，故有此称。③秦都咸阳，故曰咸秦。　④鼕鼕（dōng）：象声词。

二贾二张与余弟，驱车逦迤来相继。操词握赋为干戈①，锋锐森然胜气多。齐人文场同苦战，五人十载九登科。二张得隽名居甲②，美退③争雄重告捷。棠棣④辉荣并桂枝，芝兰⑤芬馥和荆叶。唯有沉犀屈未伸，握中自谓骇鸡珍⑥。三年不鸣鸣必大⑦，岂独骇鸡当骇人。

----

①言以词赋为干戈战于文场。　②得隽：得进士也。《通典》："进士惟有甲乙二科。"　③美二贾之一。退：即知退，行简字，见后《得行简书》注①。　④棠棣：喻兄弟。⑤芝兰：喻佳弟子。　⑥左思《吴都赋》："火齐之宝，骇鸡之珍。"《抱朴子》："通天犀角，有一赤理如缒。以角盛米，置群鸡中，鸡惊且退。故南人名通天犀为骇鸡犀。"　⑦《史记·滑稽列传》："齐威王之时喜隐。淳于髡说之以隐，曰：'国中有大鸟，止王之庭，三年不蜚又不鸣，王知此鸟何也？'王曰：'此鸟不蜚则已，一蜚冲天；不鸣则已，一鸣惊人。'"《礼记》："善待问者，如撞钟：叩之以小者则小鸣，叩之以大者则大鸣。"

元和运启千年圣，同遇明时余最幸。始辞秘阁吏王畿①，遽列谏垣②升禁闱。蹇步何堪鸣佩玉？衰容不称着朝衣。阊阖晨开朝百辟③，冕旒不动香烟碧。步灯龙尾④上虚空，立去天颜无咫尺。宫花似雪从乘舆，禁月如霜坐直庐⑤。身贱每惊随内宴，才微常愧草天书。晚松寒竹新昌第，职居密近门多闭。

----

①秘阁：谓校书郎职。吏王畿：谓盩厔县尉。　　②列谏垣：谓授左拾遗也。（参看《导言》）　　③阊阖：门名。《说文》："阊阖，天门也，楚人名门，皆曰阊阖。"百辟：百官也。④龙尾：上朝道名。《安禄山传》："每遇朝堂龙尾道，南北睥睨，久乃去。"　　⑤直庐：禁中值夜之所。

日暮银台①下直回，故人到门门暂开。回头下马一相顾，尘土满衣何处来？敛手炎凉叙未毕，先说旧山今悔出。岐阳②旅宦少欢娱，江左③羁游费时日。赠我一篇《行路吟》，吟之句句披沙金④。岁月徒催白发貌，泥涂不屈青云心。谁会茫茫天地意？短才获用长才弃。我随鹓鹭入烟云，谬上丹墀⑤为近臣。君同鸾凤栖荆棘，犹着青袍作选人⑥。惆怅知贤不能荐，徒为出入蓬莱殿⑦。月惭谏纸二百张，岁愧俸钱三十万。

----

①银台：官门名。唐时翰林学士院，均在右银台门内。②岐阳：岐山之阳，指长安。　　③江左：谓长江以东之地，

指符离旧游之地。 ④《世说新语》："陆机文排沙简金，往往见宝。" ⑤墀：阶也。宫殿阶上地以丹漆之，故曰"丹墀"。⑥选人：如近世之候选官员也。 ⑦《六典》："大明宫有蓬莱殿。"

大底浮荣何足道？几度相逢即身老。且倾斗酒慰羁愁，重话符离问旧游。北巷邻居几家去，东林旧院何人住？武里村花落复开，流沟山色应如故。

感此酬君千字诗，醉中分手又何之？须知通塞寻常事，莫叹浮沉先后时。慷慨临岐重相勉，殷勤别后加餐饭。君不见买臣衣锦还故乡，五十身荣未为晚①？

----

①朱买臣：汉会稽人，家贫好读书。妻求去，买臣曰："我年五十当贵，今已四十九。汝苦日久，待我贵，当报汝。"妻不听，去适农夫。武帝时，买臣为会稽太守，妻惭恚自经死。

客 中 月

客从江南来，来时月上弦。悠悠行旅中，三见清光圆。晚随残月行，夕与新月宿。谁谓月无情？千里远相逐。朝发渭水桥，暮入长安陌。不知今夜月，又作谁家客？

挽 歌 词

　　丹旐何飞扬，素骖亦悲鸣①。晨光照闾巷，辒车②俨欲行。萧条九月天，晚出洛阳城。借问送者谁？妻子与弟兄。苍苍古原上，峨峨开新茔。含酸一恸哭，异口同哀声。旧垄转芜绝，新坟日罗列。春风秋草北邙山，此地年年生死别。

----

　　①陶渊明《挽歌诗》："荒草何茫茫，白杨亦萧萧！"
②辒车：丧车也。

长 相 思①

　　九月西风兴，月冷霜华凝。思君秋夜长，一夜魂九升。二月东风来，草折花心开。思君春日迟，一日肠九回②。妾住洛桥北，君住洛桥南。十五即相识，今年二十三。有如女萝③草，生在松之侧。蔓短枝苦高，萦回上不得。人言人有愿，愿至天必成。愿作远方兽，步步比肩④行。愿作深山木，枝枝连理⑤生。

----

　　①《长相思》，为《乐府》杂曲。古诗："客从远方来，遗我一书札；上言长相思，下言久离别。"　②司马迁《报任少卿书》："肠一日而九回。"　　③古诗："与君为新昏，兔丝附女萝。"　　④《尔雅》："西方有比肩兽焉，与邛邛距虚者，为邛邛距虚啮甘草；而有难，邛邛距虚负而走。其名谓之蟨。"

⑤《晋中兴祥征记》："连理,仁木也,或异枝还合,皆两树共合。"

山鹧鸪①

山鹧鸪,朝朝暮暮啼复啼,啼时露白风凄凄。黄茅岗②头秋日晚,苦竹岭③下寒月低。畲田④有粟何不啄?石楠有枝何不栖?迢迢不缓复不急,楼上舟中声暗入。梦乡迁客展转卧,抱儿寡妇彷徨立。山鹧鸪,尔本此乡鸟。生不辞巢不别群,何苦声声啼到晓?啼到晓,唯能愁北人,南人惯闻如不闻。

----

①《历代歌词》曰:"山鹧鸪,羽调曲也。"《太平广记》曰:"鹧鸪,吴楚之地悉有,岭南偏多。"　　②《水经注》:"濆陂水东翼洧堤西面茅邑自城列筑暑道迄于长岗,世尚谓之茅岗,即经所谓茅邑地也。"按,在今江苏句容。　　③李白《山鹧鸪词》:"苦竹岭头秋月辉。"《江南通志》:"苦竹岭在池州原三保。"　　④畲田:火种田也。

放旅雁①

九江十年冬大雪,江水生冰树枝折。百鸟无食东西飞,中有旅雁声最饥。雪中啄草冰上宿,翅冷腾空飞动迟。江童持网捕将去,手携入市生卖之。我本北人今遣谪,人鸟虽殊同是客。见此客鸟伤客人,赎汝放汝飞入云。雁雁汝飞向何处！第一莫飞西北去。淮西②有贼讨未平，百万甲兵久屯聚。官军贼军相守老，食尽兵穷将及汝。健儿饥饿射汝吃，拔汝翅翎为箭羽。

----

①自注：元和十年冬作。　　②《通鉴》："宪宗元和十年春，正月，吴元济反。夏五月，遣御史中丞裴度宣慰淮西行营。"

送春归①

送春归，三月尽日日暮时。去年杏园花飞御沟绿，何处送春曲江曲。今年杜鹃花落子规啼，送春何处西江西。帝城送春犹怏怏，天涯送春能不加惆怅？莫惆怅，送春人，冗员无替五年罢，应须准拟再送浔阳春。五年炎凉凡十变，又知此身健不健？好送今年江上春，明年未死还相见。

----

①自注：元和十一年三月三十日作。

山石榴:寄元九

山石榴，一名山踯躅，一名杜鹃花，杜鹃啼时花扑扑。九江三月杜鹃来，一声催得一枝开。江城上佐闲无事，山下劚得厅前栽。烂熳一栏十八树，根株有数花无数。千房万叶一时新，嫩紫殷红鲜麴尘①。泪痕裛②损胭脂脸，剪刀裁破红绡巾。谪仙初堕愁在世，姹女新娇嫁泥春③。日射血珠将滴地，风翻火焰欲烧人。闲折两枝持在手，细看不似人间有。花中此物是西施，芙蓉芍药皆嫫母④。奇芳绝艳别者谁？通州迁客元拾遗⑤。拾遗初贬江陵去，去时正值青春暮。商山泰岭愁杀人，山石榴花红夹路。题诗报我何所云？若云色似石榴裙。当时丛畔唯思我，今日栏前只忆君。忆君不见坐销落，日西风起红纷纷。

----

①麹尘：通作"鞠尘"。《周礼·内司服》"鞠衣"注："黄桑服也，色如鞠尘，象桑叶始生。"按，麹尘为酒麹所生细菌，色淡黄，故谓淡黄色曰麹尘。　②裛（yì）：通"浥"。沾湿。③姹女：少女也。泥：读去声，缠恋也。　④西施：美人；嫫母：丑妇。　⑤《新唐书·元稹传》："元和元年，与制科对策第一，拜左拾遗……贬江陵士曹……久乃徙通州司马。"

真娘墓①

真娘墓，虎丘道。不识真娘镜中面，唯见真娘墓头草。霜摧桃李风折莲，真娘死时犹少年。脂肤荑手②不牢固，世间尤物难留连。难留连，易销歇。塞北花，江南雪。

----

①自注：墓在虎丘寺。《云溪友议》："真娘，吴国之佳人也，死葬吴官之侧。"虎丘，在今江苏苏州。　②《诗经》："肤如凝脂。"又："手如柔荑。"荑：始生草也。

长 恨 歌①

　　汉皇重色思倾国②，御宇多年求不得。杨家有女初长成，养在深闺人未识。天生丽质难自弃，一朝选在君王侧。回眸一笑百媚生，六宫③粉黛无颜色。春寒赐浴华清池，温泉水滑洗凝脂④。侍儿扶起娇无力，始是新承恩泽时。

----

　　①陈鸿《长恨歌传》：开元中，泰阶平，四海无事。玄宗在位岁久，倦于旰食宵衣。政无大小，始委于右丞相；深居游宴，以声色自娱。先是，元献皇后、武淑妃皆有宠，相次即世。宫中虽良家子千数，无可悦目者；上心忽忽不乐。时，每岁十月，驾幸华清宫，内外命妇，熠耀景从；浴日余波，赐以汤沐；春风灵液，淡荡其间。上心油然，若有顾遇。左右前后，粉色如土。诏高力士潜搜外宫，得弘农杨玄琰女于寿邸，既笄矣。鬓发腻理，纤秾中度，举止闲冶，如汉武帝李夫人。别疏汤泉，诏赐澡莹。既出水，体弱力微，若不任罗绮；光彩焕发，转动照人。上甚悦。进见之日，奏《霓裳羽衣曲》以导之。定情之夕，授金钗钿合以固之。又命戴步摇，垂金珰。明年，册为贵妃，半后服用。由是冶其容，敏其词；婉姿万态，以中上意。上益嬖焉。时省风九州，泥金五岳；骊山雪夜，上阳春朝，与上行同室，宴专席，寝专房；虽有三夫人，九嫔，二十七世妇，八十一御妻，暨后宫才人，乐府妓女，使天子无顾盼意。自是六宫无复进幸者，非徒殊艳尤态致是，盖才智明慧，善巧便佞，先意希旨，有不可形容者。叔父昆弟，皆列在清贯，爵为通侯。

姊妹封国夫人，富埒王室；车服邸第与大长公主侔，而恩泽势力则又过之。出入门禁不问。京师长吏为侧目。故当时谣咏有云："生女勿悲酸，生男勿喜欢。"又曰："男不封侯女作妃，看女却为门上楣。"其人心羡慕如此。天宝末，兄国忠盗丞相位，愚弄国柄。及安禄山引兵向阙，以讨杨氏为辞；潼关不守，翠华南幸；出咸阳，道次马嵬亭，六军徘徊，持戟不进；从官郎吏，伏上马前，请诛以谢天下。国忠奉牦缨盘水，死于道周。左右之意未快。上问之。当时敢言者请以贵妃塞天下怒。上知不免，而不忍见其死；反袂掩面，使牵之而去。苍黄展转，竟就绝于尺组之下。既而，玄宗狩成都，肃宗受禅灵武。明年，大凶归元，大驾还都，尊玄宗为太上皇，就养南宫，迁于西内。时移事去，乐尽悲来。每至春之日，冬之夜，池莲夏开，宫槐秋落，梨园弟子，玉琯发音，闻《霓裳羽衣》之声，则天颜不怡，左右歔欷。三年一意，其念不衰，求之梦魂，杳不能得。适有道士自蜀来，知上皇心念杨妃如是，自言有李少君之术。玄宗大喜，命致其神。方士乃竭其术以索之，不至。又能游神驭气，出天界，没地府以求之，不见。又旁求四虚上下，东极天海，跨蓬莱，见最高山。山上多楼阙，西厢下有洞户，东向阖其门，署曰："玉妃太真院。"方士抽簪扣扉，有双童女出应门。方士造次未及言，而双鬟复入。俄有碧衣侍女又至，诘其所从。方士因备言唐天子使者，且致其命。碧衣云："玉妃方寝，请少待之。"于时，云海沉沉，洞天日晚，琼户楼阁，悄然无声。方士屏息敛足，拱手门下。久之而碧衣延入，且曰："玉妃出见。"一人冠金莲，披紫绡，佩红玉，曳凤舄；左右侍者七八人，揖方士，问皇帝安否。次问天宝十四年已还事。言讫悯默，指碧衣取金钗钿合各折其半，授使者曰："为谢太上皇，谨献是物，寻旧好也。"方士受辞与信，将行，色有不足。玉妃固征其意，复前跪致辞："请当时一事不为他人闻者验于太上皇，不然，恐钿合金钗，负新垣之诈也。"玉妃茫然退立，若有所思，徐而言之，曰："昔天宝十载，侍辇避暑骊山宫。秋七月，牵牛织女相见之夕。秦人风俗，是夜张锦绣，陈饮食，树瓜果，焚香于庭，号为乞巧，宫掖间犹尚之。夜始半，休侍卫于东西厢，独侍上。上凭肩而立，因仰天感牛女事，密相誓心'愿世世为夫妇'。言毕，执手各呜咽。此独君王知之耳。"因自悲曰："由此一念，又不得居此；复坠下界，且结后缘，或为天，或为人，决再相见，好合如旧。"因言："上皇亦不久人间；幸唯自安，毋自苦耳。"使者还奏上皇，皇心震悼，日日不豫。其年夏四月，南宫晏驾。元和元年冬十二月，太原白乐天自校书郎尉于盩厔。鸿与琅琊王质夫家于是邑，暇日相携游仙游寺，话及此事，相与感叹。质夫举酒于乐天前曰："夫希代之事，非遇出世之才润色之，则与时消没，不闻于世。乐天深于诗，多于情者也，试为歌之如何？"乐天因为《长恨歌》。意者不但感其事，亦欲征尤物，窒乱阶，垂于将来也。歌既成，使鸿传焉。世所不闻者，予非开元遗民，不得知；世所知者，有玄宗本纪在。今但传《长恨歌》云耳。前进士陈鸿撰。　　②见《李夫人》注①。　　③见《陵园妾》段二注①。　　④见前诗注②。

云鬓花颜金步摇，芙蓉帐暖度春宵。春宵苦短日高起，从此君王不早朝。承欢侍宴无闲暇，春从春游夜专夜。后宫

佳丽三千人,三千宠爱在一身。金屋妆成娇侍夜,玉楼宴罢
醉和春。姊妹兄弟皆列土,可怜光彩生门户。遂令天下父母
心,不重生男重生女。

骊宫高处入青云,仙乐风飘处处闻。缓歌慢舞凝丝竹,
尽日君王看不足。渔阳鼙鼓动地来①,惊破《霓裳羽衣曲》
②。九重城阙烟尘生,千乘万骑西南行。翠华摇摇行复止,西
出都门百余里。六军③不发无奈何,宛转娥眉马前死。花钿
委地无人收,翠翘金雀玉搔头。君王掩面救不得,回看血泪
相和流。

----

①渔阳:今北京、天津、河北部分地区。鼙(pí)鼓:古
代军中所用的一种小鼓。　　②《霓裳羽衣舞》:唐代燕乐胡部
新声中的名曲。本名《婆罗门曲》,简称《霓裳》。　　③《周
礼》:"凡制军:万有二千五百人为军。王,六军。"

黄埃散漫风萧索,云栈萦纡登剑阁①。峨嵋山②下少人
行,旌旗无光日色薄。蜀江水碧蜀山青,圣主朝朝暮暮情。
行宫见月伤心色,夜雨闻铃肠断声。

----

①云栈:高入云间之栈道也。剑阁:即剑门山,即大小剑
山。大剑山在四川剑阁县北,小剑山与之相连。　　②峨嵋山:
亦作蛾眉山,在四川。

天旋日转回龙驭,到此踌躇不能去。马嵬坡下泥土中,

不见玉颜空死处。君臣相顾尽沾衣，东望都门信马归。

归来池苑皆依旧，太液芙蓉未央柳①。芙蓉如面柳如眉，对此如何不泪垂？春风桃李花开日，秋雨梧桐叶落时。西宫南苑多秋草，宫叶满阶红不扫。梨园弟子②白发新，椒房③阿监青娥老。夕殿萤飞思悄然，孤灯挑尽未成眠。迟迟钟鼓初长夜，耿耿星河欲曙天。鸳鸯瓦冷霜华重，翡翠衾寒谁与共？悠悠生死别经年，魂魄不曾来入梦。

----

①唐太液池，在长安城东大明宫内。未央宫，汉宫也，在今西安市西北。　　②见《折臂翁》注。　　③椒房：汉殿名，在未央宫，王后所居。

临邛道士鸿都客①，能以精诚致魂魄。为感君王展转思，遂教方士殷勤觅。排空驭气奔如电，升天入地求之遍。上穷碧落②下黄泉，两处茫茫皆不见。忽闻海上有仙山，山在虚无缥缈间。楼阁玲珑五云起，其中绰约多仙子。中有一人字太真，雪肤花貌参差是。金阙西厢叩玉扃③，转教小玉报双成④。闻道汉家天子使，九华帐里梦魂惊。

----

①临邛：今四川邛崃。《后汉书·灵帝纪》："光和元年，始置鸿都门学士。"注："鸿都，门名也，于内置学。诸生皆敕州郡三公举召，辞为尺牍，辞赋，及工书鸟篆者相课试，至千人焉。"　　②道家称天空曰"碧落"。《度人经》注："东方第一天，有碧霞遍满，是云碧落。"　　③扃（jiōng）：门；门扇。

④小玉：吴王夫差女名，成仙者。双成：董双成，西王母侍女。
（见《汉武帝内传》）

　　揽衣推枕起徘徊，珠箔银屏迤逦开。云鬓半偏新睡觉，
花冠不整下堂来。风吹仙袂飘飘举，犹似霓裳羽衣舞。玉容
寂寞泪阑干①，梨花一枝春带雨。含情凝睇谢君王，一别音
容两渺茫。昭阳殿②里恩爱绝，蓬莱宫③中日月长。回头下
望人寰处，不见长安见尘雾。唯将旧物表深情，钿合金钗寄
将去。钗留一股合一扇，钗擘黄金合分钿。但教心似金钿坚，
天上人间会相见。临别殷勤重寄词，词中有誓两心知。七月
七日长生殿，夜半无人私语时。在天愿作比翼鸟④，在地愿
为连理枝⑤。天长地久有时尽，此恨绵绵无绝期。

- -

　　①阑干：纵横貌。　　②昭阳殿：见《缭绫》注。
③蓬莱宫：唐长安宫名。原名大明宫。　　④《尔雅》："南方
有比翼鸟焉，不比不飞，其名鹣鹣。"　　⑤连理枝：见《长相
思》注⑤。

妇　人　苦

　　蝉鬓加意梳，蛾眉用心扫。几度晓妆成，君看不言好。
妾身重同穴，君意轻偕老①。惆怅去年来，心知未能道。今
朝一开口，语少意何深。愿引他时事，移君此日心。人言夫
妇亲，义合如一身。及至死生际，何曾苦乐均？妇人一丧夫，

终身守孤子。有如林中竹，忽被风吹折。一折不重生，枯死犹抱节。男儿若丧妇，能不暂伤情？应似门前柳，逢春易发荣。风吹一枝折，还有一枝生。为君委曲言，愿君再三听。须知妇人苦，从此莫相轻。

①《诗经·王风·大车》："榖则异室，死则同穴。"又："执子之手，与子偕老。"

长 安 道

花枝缺处青楼①开，艳歌一曲酒一杯。美人劝我急行乐，自古朱颜不再来。君不见，外州官客长安道，一回来时一回老？

①青楼：倡楼也。梁刘邈诗："倡女不胜愁，结束下青楼。"

潜 别 离

不得哭，潜别离，不得语，暗相思，两心之外无人知。深笼夜锁独栖鸟，利剑春断连理枝。河水虽浊有清日，乌头虽黑有白时。唯有潜离与暗别，彼此甘心无后期。

隔 浦 莲

隔浦爱红莲，昨日看犹在。夜来风吹落，只得一回采。

花开虽有明年期，复愁明年还暂时。

寒食野望吟

丘墟郭门外，寒食谁家哭？风吹旷野纸钱飞，古墓累累春草绿。棠梨花映白杨树，尽是死生离别处。冥漠重泉哭不闻，萧萧暮雨人归去。

琵琶行 并序

元和十年，予左迁九江郡司马。明年秋，送客湓浦口①，闻舟中夜弹琵琶者，听其音，铮铮然，有京都声。问其人，本长安倡女，尝学琵琶于穆曹二善才②。年长色衰，委身为贾人妇。遂命酒，使快弹数曲，曲罢悯默。自叙少小时欢乐事，今漂沦憔悴，转徙于江湖间。予出官二年，恬然自安，感斯人言，是夕始觉有迁谪意。因为长句，歌以赠之。凡六百一十二言，命曰《琵琶行》。

----

①湓（pén）浦：亦名湓口，在江西九江西。　②善才：唐代乐师之称，犹言能手也。《琵琶录》云："元和中，曹保有子善才，善才有子纲，皆能琵琶。"盖即以乐师之称名之也。

浔阳江①头夜送客，枫叶荻花秋瑟瑟。主人下马客在船，举酒欲饮无管弦。醉不成欢惨将别，别时茫茫江浸月。

　　①浔阳江：唐时长江流经浔阳县境一段，在今九江市北。

　　忽闻水上琵琶声，主人忘归客不发。寻听暗问弹者谁？琵琶声停欲语迟。移船相近邀相见，添酒回灯重开宴。千呼万唤始出来，犹抱琵琶半遮面。

　　转轴拨弦三两声，未成曲调先有情。弦弦掩抑声声思，似诉平生不得意。低眉信手续续弹，说尽心中无限事。轻拢慢捻抹复挑，初为《霓裳》后《六幺》①。大弦嘈嘈如急雨，小弦切切如私语。嘈嘈切切错杂弹，大珠小珠落玉盘。间关莺语花底滑，幽咽泉流水下滩。水泉冷涩弦疑绝，疑绝不通声暂歇。别有幽情暗恨生，此时无声胜有声。银瓶乍破水浆迸，铁骑突出刀枪鸣。曲终收拨当心画，四弦一声如裂帛。东船西舫悄无言，惟见江心秋月白。

———————————
　　①《霓裳》：即《霓裳羽衣曲》，见《长恨歌》注。《六幺》：亦曲名。《琵琶录》云："《绿腰》，即《录要》，本自乐工进曲，上令录出要者，乃以为名。后讹为《绿腰》，《六幺》也。"

　　沉吟放拨插弦中，整顿衣裳起敛容。自言本是京城女，家在虾蟆陵下住。十三学得琵琶成，名属教坊①第一部。曲罢曾教善才伏，妆成每被秋娘妒②。五陵年少争缠头③，一曲红绡不知数。钿头云篦击节碎，血色罗裙翻酒污。今年欢笑复明年，秋月春风等闲度。弟走从军阿姨死，暮去朝来颜色故。门前冷落鞍马稀，老大嫁作商人妇。商人重利轻别离，前年浮梁买茶去。去来江口守空船，绕船月明江水寒。夜深忽梦少年事，梦啼妆泪红阑干。

----

①教坊：唐时官妓所居。崔令钦《教坊记》："妓女入宜春院，谓之内人……其家犹在教坊，谓之内人家。"　　②杜牧《杜秋娘诗序》："杜秋，金陵女也。年十五为李锜妾。后锜叛灭，籍之入宫，有宠于景陵。穆宗即位，命秋为皇子傅姆。皇子壮，封漳王。王被罪废削，秋因赐归故乡。"　　③五陵：谓长陵、安陵、阳陵、茂陵、平陵，皆在长安城北。《汉书·原陟传》："郡国诸豪及长安五陵诸为气节者，皆归慕之。"缠头：赏歌舞人之费也。《演繁露》："唐代宗诏许大臣燕子仪于其第。鱼朝恩出锦三十匹，为缠头之费。"

我闻琵琶已叹息，又闻此语重唧唧。同是天涯沦落人，相逢何必曾相识？我从去年辞帝京，谪居卧病浔阳城。浔阳地僻无音乐，终岁不闻丝竹声。住近湓①江地低湿，黄芦苦竹绕宅生。其间旦暮闻何物？杜鹃啼血猿哀鸣。春江花朝秋月夜，往往取酒还独倾。岂无山歌与村笛？呕哑嘲哳难为听②。今夜闻君琵琶语，如听仙乐耳暂明。莫辞更坐弹一曲，为君翻作《琵琶行》。

----

①湓（pén）：水往上涌。　　②《集韵》："哑呕，小儿学言。"嘲哳（zhì）：鸟声。

感我此言良久立，却坐促弦弦转急。凄凄不似向前声，满座重闻皆掩泣。座中泣下谁最多？江州司马青衫①湿。

---

①唐时官职卑者着青衫，五品以上始着绯。（见《唐书·舆服志》）

简 简 吟

苏家小女名简简，芙蓉花腮柳叶眼。十一把镜学点妆，十二抽针能绣裳。十三行坐事调品，不肯迷头白地藏①。玲珑云髻生菜样，飘飘风袖蔷薇香。殊姿异态不可状，忽忽转动如有光。二月繁霜②杀桃李，明年欲嫁今年死。丈人阿母勿悲啼，此女不是凡夫妻。恐是天仙谪人世，只合人间十三岁。大都好物不坚牢，彩云易散琉璃脆。

---

①迷头：犹埋头。白地：谓平凡之地。　　②繁霜：重霜也。《诗经》："正月繁霜。"

花 非 花

花非花，雾非雾。夜半来，天明去。来如春梦几多时，去似朝云无觅处。

醉后狂言酬赠萧殷二协律①

余杭邑客多羁贫，其间甚者萧与殷。天寒身上犹衣葛，日高甑中未拂尘。江城山寺十一月，北风吹沙雪纷纷。宾客不见绨袍惠②，黎庶未沾襦裤恩③。此时太守自惭愧，重衣复衾有余温。因命染人与针女，先制两裘赠二君。吴绵细软桂布密，柔如狐腋白似云。劳将诗书投赠我，如此小惠何足论？我有大裘君未见，宽广和暖如阳春。此裘非缯亦非纩，裁以法度絮以仁。刀尺钝拙制未毕，出亦不独裹一身。若令在郡得五考④，与君展覆杭州人。

----

①协律郎，官名，后魏置，掌举麾节乐，以调音乐。
②《史记·范雎传》："魏使须贾于秦，范雎闻之，为微行敝衣，闲步之邸见须贾，须贾见之而惊曰：'范叔一寒如此哉？'乃取其一绨袍以赐之。"绨，厚缯之滑泽者。　③《梁书·昭明太子传》："每霖雨积雪，遣左右周行间巷，有流离道路，密加赈赐。又出主衣绵帛，多作襦裤，冬月以施贫冻。"襦（rú）：短衣。　④五考：谓五次考绩。唐代考绩之期，以官级不同。

寒食卧病

病逢佳节长叹息，春雨濛濛榆柳色。赢坐全非旧日容，扶行半是他人力。喧喧里巷蹋青归，笑闭柴门度寒食。

寒食月夜

风香露重梨花湿，草舍无烟愁未入。南邻北里歌吹时，独倚柴门月中立。

长安早春旅怀

轩车歌吹喧都邑，中有一人向隅立。夜深明月卷帘愁，日暮青山望乡泣。风吹新绿草芽拆，雨洒轻黄柳条湿。此生知负少年春，不展愁眉欲三十。

晚秋夜

碧空溶溶月华静，月里愁人吊孤影。花开残菊傍疏篱，叶下衰桐落寒井。塞鸿飞急觉秋尽，邻鸡鸣迟知夜永。凝情不语空所思，风吹白露衣裳冷。

秋　晚

篱菊花稀砌桐落，树阴离离日色薄。单幕疏帘贫寂寞，凉风冷露秋萧索。光阴流转忽已晚，颜色凋残不如昨。莱妻①卧病月明时，不捣寒衣空捣药。

----

① 《列女传》："老莱子耕于蒙山之阳，楚王曰：'守国之

孤，愿变先生之志。'老莱子曰：'诺。'王去，其妻曰：'妾闻之，可食以酒肉者，可随以鞭捶；可授以官禄者，可随以铁钺。妾不能为人所制。'遂行不顾……老莱子乃随其妻而居之。君子谓老莱妻果于从善。"

恻 恻 吟

恻恻复恻恻，逐臣返乡国。前事难重论，少年不再得。泥涂绛老头斑白①，炎瘴灵均面黎黑②。六年不死却归来，道著姓名人不识。

------

①绛老：汉绛侯周勃也。从高祖定天下有功，诸吕欲作乱，勃平定之。文帝时，"人有告勃欲反，下廷尉。廷尉下其事长安，逮捕勃治之"。(见《史记·绛侯世家》) ②灵均：屈原字。屈原遭谗，被放江湘之间，"颜色憔悴，形容枯槁"。(见《楚辞·渔父》)杜甫诗："江间虽炎瘴，瓜熟亦不早。"《国策》："面目黎黑，状有愧色。"

独眠吟二首

夜长无睡起阶前，寥落星河欲曙天。十五年来明月夜，何曾一夜不孤眠？

独眠客，夜夜可怜长寂寂。就中今夜最愁人，凉月清风满床席。

期 不 至

红烛清尊久延伫①，出门入门天欲曙。星稀月落竟不来，烟柳昽昽鹊飞去。

---

①延伫：立望也。《楚辞》："结幽兰以延伫。"

律　诗

自江陵之徐州路上寄兄弟

歧路南将北①，离忧弟与兄。关河千里别，风雪一身行。
夕宿劳乡梦，晨装惨旅情。家贫忧后事，日短念前程。烟雁
翻寒渚，霜乌聚古城。谁怜陟冈②者，西楚望南荆！

①《韩非子》："扬子见歧路而哭之，为其可以南，可以北。"
②《诗经》："陟彼高冈，我马玄黄。"

酬哥舒大见赠①

去岁欢游何处去？曲江②西岸杏园东。花下忘归因美景，
尊前劝酒是春风。各从微宦风尘里，共度流年离别中。今日
相逢愁又喜，八人分散两人同。

①自注：去年与哥舒等八人同登科第，今叙会散之意。
②曲江：见前《曲江早秋》注。

春题华阳观①

帝子吹箫逐凤皇②,空留仙洞号华阳。落花何处堪惆怅?头白宫人扫影堂③。

----

①自注:观即华阳公主旧宅,有旧内人存焉。按《新唐书·诸公主传》:"代宗十八女……华阳公主,贞懿皇后所生。韶悟过人,帝爱之……大历七年,以病乞为道士,号琼华真人。病甚,啮帝指伤,薨追封。"　　②《列仙传》:"萧史者,秦穆公时人,善吹箫,能致孔雀、白鹤。穆公女弄玉好之,公妻焉。乃教弄玉作凤台。一旦,夫妻同随凤飞去。"　　③影堂:庙之别称也。

秋雨中赠元九

不堪红叶青苔地,又是凉风暮雨天。莫怪独吟秋思苦,此君校近二毛年。

城东闲游

宠辱忧欢不到情,任他朝市自营营。独寻秋景城东去,白鹿原①头信马行。

----

①白鹿原:在昆明池附近。《三秦记》云:"昆明池……通

白鹿原。"又云："平王东迁，有白鹿游于此原，以是得名。"

答 韦 八

丽句劳相赠，佳期恨有违。早知留酒待，悔不趁花归。
春尽绿醅老，雨多红萼稀。今朝如一醉，犹得及芳菲。

华阳观①桃花时招李六拾遗饮

华阳观里仙桃发，把酒看花心自知。争忍开时不同醉？
明朝后日即空枝。

----

①见《春题华阳观》注①。

和友人洛中春感

莫悲金谷园①中月，莫叹天津桥②上春。若学多情寻往
事，人间何处不伤神？

----

①金谷园：在洛阳西。晋石崇《金谷诗序》："余有别庐，
在金谷涧中。清泉茂树，众果、竹、柏、药物备具。又有水碓，
鱼池。"　②天津桥：在洛阳西南。隋炀帝迁都，以洛水贯都，
有天汉之象，因建此桥。

华阳观中八月十五日夜招友玩月

人道中秋明月好，欲邀同赏意如何？华阳洞里秋坛上，今夜清光此处多？

曲江忆元九

春来无伴闲游少，行乐三分减二分。何况今朝杏园里，闲人逢尽不逢君？

下邽①庄南桃花

村南无限桃花发，唯我多情独自来。日暮风吹红满地，无人解惜为谁开？

----

①下邽（guī）：属汉弘农郡，在今陕西渭南境。

三月三十日题慈恩寺①

慈恩春色今朝尽，尽日徘徊倚寺门。惆怅春归留不得，紫藤花下渐黄昏。

----

①慈恩寺：在长安。《旧唐书·高宗纪》："永徽七年夏四月，御安福门，观僧玄奘迎御制并书慈恩寺碑文。"

看恽家牡丹花，戏赠李二十

香胜烧兰红胜霞，城中最数令公①家。人人散后君须看，归到江南无此花。

----

①隋唐以来，凡拜中书令者，世人习称"令公"。

戏题新栽蔷薇①

移根易地莫憔悴，野外庭前一种春。少府②无妻春寂寞，花开将尔当夫人。

----

①自注：时尉盩厔。　　②少府：县尉之别称。县尉称明府；尉亚于令，故称少府。

宿　杨　家

杨氏弟兄俱醉卧，披衣独起下高斋。夜深不语中庭立，月照藤花影上阶。

重到毓材宅有感

欲入中门泪满巾，庭花无主两回春。轩窗帘幕皆依旧，只是堂前欠一人。

乱后①过流沟寺

九月徐州新战后，悲风杀气满山河。唯有流沟山②下寺，门前依旧白云多。

---

①建中二年徐州节度使之乱。（见《家状》）　②流沟山：在符离。（见前《醉后走笔酬刘五主簿长句之赠》诗）

叹 发 落

多病多愁心自知，行年未老发先衰。随梳落去何须惜？不落终须变作丝。

冬至夜怀湘灵

艳质无由见，寒衾不可亲。何堪最长夜，俱作独眠人！

游仙游山

暗将心地出人间，五六年来人怪闲。自嫌恋着①未全尽，犹爱云泉多在山。

---

①恋着：言有所贪恋耽着也。

见尹公亮新诗偶赠绝句

袖里新诗十首余，吟看句句是琼琚。如何持此将干谒，不及公卿一字书？

江南送北客因凭寄徐州兄弟书①

故园望断欲如何？楚水吴山万里余。今日因君访兄弟，数行乡泪一封书。

----

①自注：时年十五。

赋得古原草：送别

离离原上草，一岁一枯荣。野火烧不尽，春风吹又生。远芳侵古道，晴翠接荒城。又送王孙去，萋萋满别情①。

----

①《楚辞》："王孙游兮不归，春草生兮萋萋！"

长安正月十五日

喧喧车骑帝王州，羁病无心逐胜游。明月春风三五夜，万人行乐一人愁。

除夜寄弟妹

感时思弟妹，不寐百忧生。万里经年别，孤灯此夜情。病容非旧日，归思逼新正。早晚重欢会，羁离各长成。

晚秋闲居

地僻门深少送迎，披衣闲坐养幽情。秋庭不扫携藤杖，闲蹋梧桐黄叶行。

秋暮郊居书怀

郊居人事少，昼卧对林峦。穷巷厌多雨，贫家愁早寒。葛衣秋未换，书卷病仍看。若问生涯计，前溪一钓竿。

为薛台悼亡

半死梧桐老病身，重泉一念一伤神。手携稚子夜归院，月冷房空不见人。

途中寒食

路旁寒食行人尽，独占春愁在路旁。马上垂鞭愁不语，风吹百草野田香。

题流沟寺古松

烟叶葱茏苍麈尾，霜皮剥落紫龙鳞。欲知松老看尘壁，死却题诗几许人。

代邻叟言怀

人生何事心无定？宿昔如今意不同。宿昔愁身不得老，如今恨作白头翁。

自河南经乱[①]，关内阻饥[②]，兄弟离散，各在一处。因望月有感，聊书所怀，寄上浮梁[③]大兄，於潜[④]七兄，乌江[⑤]十五兄，兼示符离[⑥]及下邽[⑦]弟妹

时难年荒世业空，弟兄羁旅各西东。田园寥落干戈后，骨肉流离道路中。吊影分为千里雁，辞根散作九秋蓬[⑧]。共看明月应垂泪，一夜乡心五处同。

----

①吴元济之乱。《通鉴》：“元和十年正月，吴元济纵兵侵略，及东畿。”　　②阻饥：艰难饥饿也。《书经》：“黎民阻饥。”　　③上浮梁：今江西浮梁县。　　④於潜：今浙江临安市。

⑤乌江：在今安徽和县东北四十里。　⑥符离：见前《醉后走笔》注。　⑦见前《下邽庄南桃花》注①。　⑧九秋：谓秋季九十日也。

寒闺夜

夜半衾裯①冷，孤眠懒未能。笼香销尽火，巾泪滴成冰。为惜影相伴，通宵不灭灯。

----

①衾裯（chóu）：皆被也。《诗经》："抱衾与裯。"

寄湘灵①

泪眼凌寒②冻不流，每经高处即回头。遥知别后西楼上，应凭阑干独自愁。

----

①参看前《冬至夜怀湘灵》诗。　②凌寒：寒至冻冰也。

客中守岁①

守岁尊无酒，思乡泪满巾。始知为客苦，不及在家贫。畏老偏惊节，防愁预恶春。故园今夜里，应念未归人。

----

①周处《风土记》："除夕夜围炉……达旦不寐，谓之守岁。"自注：在柳家庄。

问 淮 水

自嗟名利客，扰扰在人间。何事长淮水，东流亦不闲①。

----

①淮水出河南之桐柏山，东流至安徽境，潴于洪泽湖。

花下自劝酒

酒盏酌来须满满，花枝看即落纷纷。莫言三十是年少，百岁三分已一分。

同钱员外题绝粮僧巨川

三十年来坐对山，唯将无事化人间。斋时往往闻钟笑，一食何如不食闲？

寄陈式五兄

年来白发两三茎，忆别君时髭未生。惆怅料君应满鬓，当初是我十年兄。

病中哭金銮子①

岂料吾方病，翻悲汝不全？卧惊从枕上，扶哭就灯前。

有女诚为累，无儿岂免怜？病来才十日，养得已三年。慈泪随声迸，悲伤遇物牵。故衣犹架上，残药尚头边。送出深村巷，看封小墓田。莫言三里地，此别是终天②。

----

①自注：小女子名。前有《金銮子晬日》及《念金銮子》二首。　　②终天：终一世也。

夜　坐

庭前尽日立到夜，灯下有时坐彻明。此情不语何人会？时复长吁一两声。

暮　立

黄昏独立佛堂前，满地槐花满树蝉。大抵四时心总苦，就中肠断是秋天。

有　感

绝弦与断丝，犹有却续时。唯有衷肠断，无应续得期。

答友问

似玉童颜尽，如霜病鬓新。莫惊身顿老，心更老于身。

早　春

雪散因和气，冰开得暖光。春销不得处，唯有鬓边霜。

王昭君二首①

满面胡沙满鬓风，眉销残黛脸销红。愁苦辛勤憔悴尽，如今却似画图中。

----

①自注：时年十七。王昭君：见前《过昭君村》各注。

汉使却回凭寄语，黄金何日赎蛾眉？君王若问妾颜色，莫道不如宫里时。

闻　虫

闻虫唧唧夜绵绵，况是秋阴欲雨天？犹恐愁人暂得睡，声声移近卧床前。

欲与元八①卜邻,先有是赠

平生心迹最相亲，欲隐墙东不为身。明月好同三径②夜，绿杨宜作两家春。每因暂出犹思伴，岂得安居不择邻？可独终身数相见？子孙长作隔墙人。

----

①元八：元稹兄宗简也。　　②陶渊明《归去来辞》："三
径就荒。"李善注引《三辅决录》："蒋诩，字元卿，舍中竹下开
三径。"

松　树

白金换得青松树，君既先栽我不栽。幸有西风易凭仗，
夜深偷送好声来。

醉后却寄元九

蒲池村里匆匆别，澧水桥①边兀兀回。行到城门残酒醒，
万重离恨一时来。

----

①澧水：当是"澧（沣）水"之误。后有《十年三月三十
日别微之于澧上》诗。澧水流经长安，入于渭河。

燕子楼三首并序

徐州故张尚书①有爱妓，曰盼盼，善歌舞，雅多风态。
予为校书郎时，游徐泗间，张尚书宴予。酒酣，出盼盼以佐
欢，欢甚。予因赠诗云："醉娇胜不得，风袅牡丹花。"尽欢
而去。迩后绝不相闻，迨兹仅一纪矣。昨日司勋员外郎张仲
素绘之访予，因吟新诗，有《燕子楼》三首，词甚婉丽。诘

其由，为盼盼作也。绩之从事武宁军累年，颇知盼盼始末。
云尚书既没，归葬东洛，而彭城有张氏旧第，第中有小楼名
燕子。盼盼念旧，爱而不嫁，居是楼十余年，幽独块然，于
今尚在。予爱绩之新咏，感彭城旧游，因同其题作三绝句。

①张尚书：名建封。

满窗明月满帘霜，被冷灯残拂卧床。燕子楼中霜月夜，
秋来只为一人长。

钿晕罗衫色似烟，几回欲着即潸然。自从不舞《霓裳
曲》，叠在空箱十一年。

今春有客洛阳回，曾到尚书墓上来。见说白杨堪作柱，
争教红粉不成灰？

武关①南见元九题山石榴花见寄

往来同路不同时，前后相思两不知。行过关门三四里，
榴花不见见君诗。

①武关：在今陕西商州。

白　鹭

人生四十未全衰，我为愁多白发垂。何故水边双白鹭，无愁头上亦垂丝？

舟中读元九诗

把君诗卷灯前读，诗尽灯残天未明。眼痛灭灯犹暗坐，逆风吹浪打船声。

放言五首并序

元九在江陵时，有《放言长句》诗五首，韵高而体律，意古而词新。予每咏之，甚觉有味，虽前辈深于诗者，未有此作。唯李颀有云："济水至清河自浊，周公大圣接舆狂。"斯句近之矣。予出佐浔阳，未届所任，舟中多暇，江上独吟，因缀五篇，以续其意耳。

朝真暮伪何人辩？古往今来底事①无？但爱庄生能诈圣，可知宁子解佯愚②？草萤有耀终非火，荷露虽团岂是珠？不取燔柴兼照乘③，可怜光彩亦何殊？

----

①底事：犹言"何事"。　②荀悦《王商论》："宁武子佯

愚，接舆为狂。"《论语》："子曰宁武子，邦有道则知，邦无道则愚；其知可及也，其愚不可及也。"注："卫大夫宁俞；武，谥也。"又："佯愚似实，故曰不可及也。"接舆事见《庄子·人间世》。圣：谓孔子。《史记》："庄子者，蒙人也，名周……著书十余万言，大抵率寓言。作《渔父》《盗跖》《胠箧》以诋訿孔子之徒。"　　③照乘：珠名。《史记》："魏王与齐威王会田于郊。魏王曰：'若寡人之小国，尚有径寸之珠，照车前后各十二乘者十枚。'"

　　世途倚伏都无定，尘网牵缠卒未休。祸福回还车转毂，荣枯反覆手藏钩①。龟灵未免刳肠患②，马失应无折足忧③。不信君看弈棋者，输赢须待局终头。

----

　　①藏钩：戏名。周处《风土记》："藏钩之戏，分为二曹，以校胜负。若人偶即敌对，人奇则使一人为游附。或属上曹，或属下曹，以为飞鸟，以齐二曹人数。一钩藏在数手中。曹人当射知所在，一藏为一筹。三筹为一都。"　　②《庄子》："神龟能见梦于元君，而不能避余且之网；能知七十二钻而无遗筮，不能避刳肠之患。"　　③《淮南子》："塞上叟马无故亡，人皆吊。父曰：'此何遽不为福乎？'其马将骏马归，人皆贺。叟曰：'此何遽不为祸乎？'"《刘子·均任》："君无虚授，臣无虚任；故无负山之累，折足之忧。"

　　赠君一法决狐疑①，不用钻龟②与祝蓍。试玉要烧三日满③，辨材须待七年期④。周公恐惧流言日⑤，王莽谦恭未篡时⑥。向使当时身便死，一生真伪复谁知。

----

①《楚辞·离骚》："欲从灵氛之吉占兮，心犹豫而狐疑。"狐性多疑，故曰"狐疑"。　　②《大戴礼》："发兵行将，钻龟以决吉凶。"　　③自注：真玉烧三日不热。　　④自注：豫章木生七年而后知。　　⑤《书·金縢》："武王既丧，管叔及其群弟乃流言于国，曰：'公将不利于孺子。'……周公居东二年，则罪人斯得。"　　⑥《汉书·王莽传赞》："王莽始起外戚，折节力行，以要名誉：宗族称孝，师友归仁。及其居位辅政，成哀之际，勤劳国家，直道而行，动见称述……及其窃位……乃始恣睢，奋其威诈；滔天虐民，穷凶极恶。"

谁家第宅成还破？何处亲宾哭复歌？昨日屋头堪炙手①，今朝门外好张罗②。北邙未省留闲地，东海何曾有定波？莫笑贱贫夸富贵，共成枯骨两如何？

----

①炙手：言权势盛甚。杜甫诗："炙手可热势绝伦。"②《汉书·郑当时传》："下邽翟公为廷尉，宾客填门。及废，门外可设雀罗。"

泰山不要欺毫末，颜子无心羡老彭①。松树千年终是朽，槿花一日自为荣②。何须恋世常忧死，亦莫嫌身漫厌生。生去死来都是幻，幻人哀乐系何情？

----

①颜回短命。（见《论语》）彭祖寿至八百岁。（见《论语疏》）
②槿花：即木槿。《玉篇》："木槿，朝生夕陨。"

山中问月

为问长安月，谁教不相①离？昔随飞盖处②，今照入山时。借助秋怀旷，留连夜卧迟。如归旧乡国，似对好亲知。松下行为伴，溪头坐有期。千岩将万壑，无处不相随。

----

①相：读入声。陆游《老学庵笔记》："世多言乐天用'相'字多从俗语，作思必切……然北人大抵以'相'字作入声，至今犹然，不独乐天。老杜云：'恰是春风相欺得，夜来吹折数枝花。'亦从俗声读，乃不失律。"　　②曹植诗："清夜游西园，飞盖相追随。"盖：车盖也。

山　居

山斋方独往，尘事莫相仍。蓝舁①辞鞍马，缁徒②换友朋。朝餐唯药菜，夜伴只纱灯。除却青衫③在，其余便是僧。

----

①舁（yú）：《正韵》："轝车也。"按"轝"即"舆"字。
②缁：黑衣；缁徒：谓皂隶。　　③唐时卑官着青衫。

遗 爱 寺①

弄石临溪坐，寻花绕寺行。时时闻鸟语，处处是泉声。

----
①见前《香炉峰下新置草堂》诗注②。

山中与元九书，因题书后

忆昔封书与君夜，金銮殿①后欲明天。今夜封书在何处？庐山庵里晓灯前。笼鸟槛猿②俱未死，人间相见是何年？

----
①唐有金銮殿。肃宗以后，置东翰林于其西。(见《通考》)
②笼鸟、槛猿，喻己及元皆尚在官。

彭蠡湖晚归①

彭蠡湖天晚，桃花水②气春。鸟飞千白点，日没半红轮。何必为迁客，无劳是病身。但来临此望，少有不愁人。

----
①彭蠡湖：今江西鄱阳湖。　②桃花水：即桃花汛，亦曰春汛，谓二三月间，冰消雨积，潮流盛涨也。

西河雨夜送客

云黑雨翛翛，江昏水暗流。有风催解缆，无月伴登楼。

酒罢无多兴，帆开不少留。唯看一点火，遥认是行舟。

罗 子

有女名罗子，生来才两春。我今年已长，日夜二毛新。
顾念娇啼面，思量老病身。直应头似雪，始得见成人。

戏问山石榴

小树山榴近砌栽，半含红萼带花来。争知司马夫人妒，
移到庭前便不开？

元九以绿丝布白轻容①见寄，制成衣服，以诗报知

绿丝文布素轻容，珍重京华手自封。贫友远劳君寄附，
病妻亲为我裁缝。袴花白似秋云薄，衫色青于春草浓。欲着
却休知不称，折腰无复旧形容。

----

①《唐类苑》："轻容，无花薄纱也。"

清明日送韦侍御贬虔州①

寂寞清明日，萧条司马家。留饧和冷粥②，出火煮新茶。
欲别能无酒？相留亦有花。南迁更何处？此地已天涯。

①唐江南道虔州，治今江西赣州。　　②饧（táng）：同"糖"。《邺中记》："寒食三日作醴酪，煮粳米及麦为酪，捣杏仁煮作粥。"寒食节冷食，故曰"冷粥"。

九江春望

森茫积水非吾土，飘泊浮萍是我身。身外信缘为活计，眼前随事觅交亲。炉烟岂异终南色①？溢草宁殊渭北春？此地何妨便终老？匹如②元是九江人。

①终南山，在长安南。　　②自注：香炉峰上多烟，溢水岸足寄草，因而记之。匹如：同"譬如"。

赠 内 子

白发方兴叹，青娥亦伴愁。寒衣补灯下，小女戏床头。暗澹屏帏故，凄凉枕席秋。贫中有等级，犹胜嫁黔娄①。

①《高士传》："黔娄先生卒，覆以布被；覆头则足见，覆足则头见。曾西曰：'斜其被，则敛矣。'妻曰：'斜之有余，不若正之不足。'"

浔阳春三首①

春　生

春生何处暗周游，海角天涯遍始休。先遣和风报消息，续教啼乌说来由。展张草色长河畔，点缀花房小树头。若到故园应觅我，为传沦落在江州。

---

①自注：元和十二年作。

春　来

春来触动故乡情，忽见风光忆两京①。金谷②蹋花香骑入，曲江碾草钿车行。谁家绿酒欢连夜，何处红楼睡失明？独有不眠不醉客，经春冷坐古溢城③。

---

①两京：谓西京长安，东京洛阳。　　②金谷：见《和友人洛中春感》诗注①。　　③唐浔阳县即隋溢城县。

春　去

一从泽畔①为迁客，两度江头送暮春。白发更添今日鬓，青衫不改去年身。百川未有回流水，一老终无却少人。四十六时②三月尽，送春争得不殷勤？

---

①《楚辞·渔父》："屈原既放，行吟泽畔。"　　②元和十二年，作者年四十六。

得行简①书，闻欲下峡，先以此寄

朝来又得东川②信，欲取春初发梓州③。书报九江闻暂喜，路经三峡想还愁。潇湘④瘴雾加餐饭，滟滪⑤惊波稳泊舟。欲寄两行迎尔泪，长江不肯向西流。

----

①行简：居易弟。《旧唐书·白行简传》："行简，字知退，贞元末登进士第，授秘书省校书郎。元和中，卢坦镇东蜀，辟为掌书记府。罢，归浔阳。居易授江州司马，从兄之郡……宝历二年冬病卒，有文集一十卷。行简文笔有兄风，辞赋尤称精密，文士皆师法之。居易友爱过人，兄弟相待如宾客。行简子龟儿，多自教习，以至成名。当时友悌，无以比焉。"　②东川：即东蜀，谓四川之东部。唐于梓潼置剑南东川节度。③梓州：今四川三台县治。　④潇湘：潇水于湖南零陵合湘水后称潇湘。　⑤滟滪：见《初入峡有感》诗注①。

南湖早春

风回云断雨初晴，返照湖边暖复明。乱点碎红山杏发，平铺新绿水蘋生。翅低白雁飞仍重，舌涩黄鹂语未成。不道江南春不好，年年衰病减心情。

醉中对红叶

临风杪秋树，对酒长年人①。醉貌如霜叶，虽红不是春。

---

①长年：老年也。

遣 怀

羲和①走驭趁年光，不许人间日月长。遂使四时都似电，
争教两鬓不成霜？荣销枯去无非命，壮尽衰来亦是常。已共
身心要约定，穷通生死不惊忙。

---

①羲和：主日之神。

闻龟儿咏诗①

怜渠已解咏诗章，摇膝支颐学二郎②。莫学二郎吟太苦，
才年四十鬓如霜。

---

①见前《得行简书》诗注①。　　②作者自称。按白氏世
系，居易行二，兄幼文，弟行简、幼美，故称二郎。

病 起

病不出门无限时，今朝强出与谁期？经年不上江楼醉，

劳动春风飏酒旗。

偶宴有怀

遇兴寻文客，因欢命酒徒。春游忆亲故，夜会似京都。
诗思闲仍在，乡愁醉暂无。狂来欲起舞，惭见白髭须。

李白墓

采石江边李白坟，绕田无限草连云①。可怜荒垅穷泉骨，
曾有惊天动地文。但是诗人多薄命，就中沦落不过君。

----

①《一统志》："李白墓在太平府城东青山之北。白尝依族
人当涂令李阳冰，悦谢家青山，欲终焉。及卒，葬采石之龙山，
后改葬青山。"《演繁露》："采石江之南岸田畈间有墓，世传为
李白葬所，累甓为之，其坟略可高尺许……范传正作《白碑》
曰：'白之孙女言曰，尝殡龙山之东麓，坟高三尺。'传正时为
宣歙观察使，谕当涂令诸葛纵改葬于青山，则在旧瘗之东六里
矣。其时，元和十二年也。"据此，作者此诗，当指未改葬以前
之墓。采石江在今安徽当涂西北。

戏答诸少年

顾我长年头似雪，饶君壮岁气如云。朱颜今日虽欺我，
白发他时不放君。

风雨晚泊

苦竹林边芦苇丛，停舟一望思无穷。青苔扑地连春雨，白浪掀天尽日风。忽忽百年行欲半，茫茫万事坐成空。此生飘荡何时定？一缕鸿毛天地中。

寄微之[①]

帝城行乐日纷纷，天畔穷愁我与君。秦女笑歌春不见，巴猿啼哭夜尝闻[②]。何处琵琶弦似语？谁家觙堕髻[③]如云？人生多少欢娱事，那独千分无一分？

----

①微之：元稹字。　②时作者为忠州刺史，元为虢州长史。　③觙堕髻：髻名，疑即倭堕髻。温庭筠《南歌子》："倭堕低梳髻。"

晓　寝

转枕重安寝，回头一欠伸。纸窗明觉晓，布被暖知春。莫强疏慵性，须安老大身。鸡鸣犹独睡，不博早朝人。

八月十五日夜湓亭望月

昔年八月十五夜，曲江池畔杏园边。今年八月十五夜，溢浦沙头水馆前。西北望乡何处是？东南见月几回圆？临风一叹无人会，今夜清光似往年。

送萧炼师《步虚词》十首，卷后以二绝继之①

欲上瀛洲②临别时，赠君十首《步虚词》。天仙若爱应相问，向道江州司马诗。

①炼师：道士也。《步虚词》：乐府名。《乐府解题》曰："《步虚词》，道家曲也，备言众仙飘缈轻举之美。庾信有《步虚词》十首。"　②瀛洲：见《效陶潜体诗》注。

花纸瑶缄松墨字，把将天上共谁开？试呈王母如堪唱，发遣双成更取来①。

①王母、双成，俱见《长恨歌》注。

洪州①逢熊孺登

靖安院里辛夷②下，醉笑狂吟气最粗。莫问别来多少苦，低头看取白髭须。

①洪州：今江西南昌。　②辛夷：即木笔。

初著刺史绯答友人见赠

故人安慰善为辞，五十专城道未迟。徒使花袍红似火，其如蓬鬓白成丝！且贪薄俸君应惜，不称衰容我自知。银印可怜将底用？只堪归舍吓妻儿。

又答贺客

银章暂假为专城，贺客来多懒起迎。似挂绯衫衣架上，朽株枯竹有何荣？

别草堂三绝句①

正听山鸟向阳眠，黄纸除书落枕前。为感君恩须暂起，炉峰不拟住多年。

①参看前《香炉峰下新置草堂》诗。

久眠褐被为居士，忽挂绯袍作使君。身出草堂心不出，庐山未要动移文①。

①昔齐孔稚圭作《北山移文》，谓作文勒石以移之也。

三间茅舍向山开，一带山泉绕舍回。山色泉声莫惆怅，三年官满却归来。

钟陵饯送

　　翠幕红筵高在云，歌钟一曲万家闻。路人指点滕王阁①，
看送忠州白使君。

----

　　①滕王阁：旧在江西新建西章江门上，西临大江，唐滕王
元婴都督洪州时建。

入峡次巴东①

　　不知远郡何时到，犹喜全家此去同。万里王程三峡外，
百年生计一舟中。巫山②暮足沾花雨，陇水春多逆浪风。两
片红旌数声鼓，使君艛艓上巴东。

----

　　①巴东：今湖北巴东。　　②巫山：在今重庆巫山东。

十年三月三十日，别微之于沣上①。十四年三月
十一日夜，遇微之于峡中。停舟夷陵②，三宿而别；
言不尽者，以诗终之。因赋七言十七韵以赠，且
欲记所遇之地，与相见之时，为他年会话张本也③

　　沣水店头春尽日，送君上马谪通川。夷陵峡口明月夜，

此处逢君是偶然。一别五年方见面，相携三宿未回船。坐从日暮唯长叹，语到天明竟未眠。齿发蹉跎将五十，关河迢递过三年。生涯共寄沧江上，乡国俱抛白日边。往事渺茫都似梦，旧游零落半归泉。醉悲洒泪春杯里，吟苦支颐晓烛前。莫问龙钟④恶官职，且听清脆好诗篇⑤。别来只是成诗癖，老去何曾更酒颠？各限王程须去住，重开离宴贵留连。黄牛渡北移征棹，白狗崖东卷别筵⑥。神女台⑦云闲缭绕，使君滩⑧水急潺湲。风凄暝色愁杨柳，月吊宵声哭杜鹃。万丈赤幢潭底日，一条白练峡中天。君还秦地辞炎徼⑨，我向忠州入瘴烟。未死会应相见在，又知何地复何年？

----

①见前《醉后却寄元九》诗。　②夷陵峡：即西陵峡，为三峡之一。　③作者有《三游洞序》可与此诗参考。④龙钟：言潦倒失意也。　⑤自注：微之别后有新诗数百首丽绝可爱。　⑥自注：黄牛、白狗，皆峡中地名，即与微之遇别之所也。　⑦神女台：在巫山县东，上有神女庙，因宋玉《神女赋》而附会者也。　⑧《太平寰宇记》："使君滩在万州东二里大江中。昔杨亮赴任益州，行船至此覆没，故名。"又《一统志》："使君滩在荆州夷陵州西一百十里。"按：万州今属重庆；夷陵州即今湖北宜昌。　⑨徼（jiào）：边界也。

题峡中石上

巫女庙花红似粉，昭君村柳翠于眉①。诚知老去风情少，见此争无一句诗？

----

①巫女庙：见前诗注⑦。昭君村，见《过昭君村》注①。

夜入瞿塘峡

瞿塘天下险，夜上信难哉！岸似双屏合，天如匹练开。逆风惊浪起，拔签①暗船来。欲识愁多少，高于滟滪堆。

----

①签（niàn）：拉船的竹纤。

初到忠州赠李六

好在天涯李使君，江头相见日黄昏。吏人生梗都如鹿，市井萧疏只抵村。一只兰船当驿路，百层石磴上州门。更无平地堪行处，虚受朱轮五马恩①。

----

①见前《马上作》诗注⑦。

木莲树图并序

木莲树生巴峡山谷间，巴民亦呼为黄心树，大者高五丈，涉冬不凋。身如青杨，有白文；叶如桂，厚大无脊。花如莲，香色艳腻皆同，独房蕊有异。四月初始开，自开迨谢，仅二十日。忠州西北十里，有鸣玉溪，生者浓茂尤异。元和十四年夏，命道士母丘志写。惜其遐僻，因题三绝句云。

如折芙蓉栽旱地，似抛芍药挂高枝。云埋水隔无人识，唯有南宾太守知①。

----

① 见前《南宾郡斋即事》诗注①。

红似燕支腻如粉，伤心好物不须臾。山中风起无时节，明日重来得在无！

已愁花落荒岩底，复恨根生乱石间。几度欲移移不得，天教抛掷在深山。

感樱桃花,因招饮客

樱桃昨夜开如雪，鬓发今年白似霜。渐觉花前成老丑，何曾酒后更颠狂？谁能闻此来相劝？共泥春风醉一场。

东亭闲望

东亭尽日坐，谁伴寂寥身？绿桂为佳客，红蕉当美人。笑言虽不接，情状似相亲。不作悠悠想，如何度晚春？

种 荔 枝

红颗珍珠诚可爱，白须太守亦何痴！十年结子知谁在？自向庭中种荔枝。

东楼招客夜饮

莫辞数数醉东楼，除醉无因破得愁。唯有绿尊红烛下，暂时不似在忠州。

冬 至 夜

老去襟怀常濩落①，病来须发转苍浪。心灰不及炉中火，鬓雪多于砌下霜。三峡南宾城最远，一年冬至夜偏长。今宵始觉房栊冷，坐索寒衣讯孟光②。

----

①濩（huò）落：犹言落寞也。　　②讯：《集韵》："音泥，呼人也。"孟光：东汉贤女，梁鸿之妻。

竹枝词①四首

瞿塘峡口水烟低，白帝城②头月向西。唱到竹枝声咽处，寒猿暗鸟一时啼。

①《乐府解题》:"《竹枝》本出于巴渝。刘禹锡作竹枝新词九章,由是盛于贞元元和之间。禹锡曰:'《竹枝》,《巴歈》也。'巴儿联歌,吹短笛击鼓以赴节。歌者扬袂睢舞,其音协黄钟羽。"②白帝城:在今重庆奉节东。汉公孙述至鱼复,见白龙出井中,自以承汉土运,改号鱼复为白帝城。(见《太平寰宇记》)

竹枝苦怨怨何人? 夜静山空歇又闻。蛮儿巴女齐声唱,愁杀江南病使君。

巴东船舫上巴西, 波面风生雨脚齐。水蓼冷花红簇簇,江蓠湿叶碧凄凄。

江畔谁人唱竹枝? 前声断咽后声迟。怪来调苦缘词苦,多是通州司马①诗。

①通州司马:元稹也。

题东楼前李使君所种樱桃花

身入青云无见日,手栽红树又逢春。唯留花向楼前看,故故抛愁与后人。

野　行

草润衫襟重，沙干屐齿轻。仰头听鸟立，信脚望花行。暇日无公事，衰年有道情。浮生短于梦，梦里莫营营。

送高侍御使回，因寄杨八

明月峡①边逢制使，黄茅②岸上是忠州。到城莫说忠州恶，无益虚教杨八愁。

----

①明月峡：在今重庆。　　②黄茅：即黄草峡。

三月三日

暮春风景初三日，流世光阴半百年。欲作闲游无好伴，半江惆怅却回船。

初除尚书郎①脱刺史绯

亲宾相贺问何如，服色恩光尽反初。头白喜抛黄草峡，眼明惊拆紫泥书②。便留朱绂还铃阁③，却着青袍侍玉除④。无奈娇痴三岁女，绕腰啼哭觅银鱼⑤。

----

①按《年谱》：元和十五年冬，自忠州召还，拜尚书司门员

外郎。　　②紫泥书:诏书也。《汉官仪》:"天子印玺六,皆用武都紫泥封之。"故称天子诏为紫泥书。　　③铃阁:尚书郎所居之处。《晋书·羊祜传》:"铃阁之下,侍卫者不过十数人。"④玉除:玉阶也。　　⑤唐时五品以上官佩银鱼,所以防召命之诈,为出内符信者。

别种东坡花树两绝

三年留滞在江城,草树禽鱼尽有情。何处殷勤重回首?东坡桃李种新成。

花林好住莫憔悴,春至但知依旧春。楼上明年新太守,不妨还是爱花人。

发白狗峡,次黄牛峡,登高寺却望忠州

白狗次黄牛①,滩如竹节稠。路穿天地险,人续古今愁。忽见千花塔,因停一叶舟。畏途常迫促,静境暂淹留。巴曲春全尽,巫阳雨半收②。北归虽引领,南望亦回头。昔去悲殊俗,今来念旧游。别僧山北寺,抛竹水西楼。郡树花如雪,军厨酒似油。时时大开口,自笑忆忠州。

----

①白狗、黄牛:见《十年三月三十日别微之于沣上》诗注⑥。　　②巴曲:谓巴水之曲;巫阳:谓巫山之阳。

残 春 曲[①]

禁苑残莺三四声，景迟风慢暮春情。日西无事墙阴下，
闲蹋宫花独自行。

----

①自注：禁中口号。

长 安 春

青门柳枝软无力，东风吹作黄金色。街东酒薄醉易醒，
满眼春愁消不得。

长乐坡送人赋得愁

行人南北分征路，流水东西接御沟。终日坡前恨离别，
漫名长乐是长愁。

忆 江 柳

曾栽杨柳江南岸，一别江南两度春。遥忆青青江岸上，
不知攀折是何人？

三 年 别

悠悠一别已三年，相望相思明月天。肠断青天望明月，别来三十六回圆。

伤 春 曲

深浅檐花千万枝，碧纱窗外啭黄鹂。残妆含泪下帘坐，尽日伤春春不知。

答 山 侣

颔下髭须半是丝，光阴向后几多时？非无解挂簪缨意，未有支持伏腊①资。冒热冲寒徒自取，随行逐队欲何为？更惭山侣频传语，五十归来道未迟。

----

①伏腊：夏与冬之令节也。杨恽《报孙会宗书》："田家作苦，岁时伏腊，烹羊炰羔，斗酒自劳。"

早朝思退居

霜严月苦欲明天，忽忆闲居思浩然。自问寒灯夜半起，何如暖被日高眠？唯惭老病披朝服，莫虑饥寒计俸钱。随有随无且归去，拟求丰足是何年？

寄题忠州小楼桃花

再游巫峡知何日？总是秦人说向谁？长忆小楼风月夜，红阑干上两三枝。

题新昌^①所居

宅小人烦闷，泥深马钝顽。街东闲处住，日午热时还。院窄难栽竹，墙高不见山。唯应方寸内，此地觅宽闲。

----

①新昌：长安里名。

送客南迁

我说南中事，君应不愿听。曾经身困苦，不觉语丁宁。烧处愁云梦^①，波时忆洞庭。春畬烟勃勃，秋瘴露冥冥^②。蚊蚋经冬活，鱼龙欲雨腥。水虫能射影，山鬼解藏形^③。穴掉巴蛇尾，林飘鸩鸟^④翎。飓风千里黑，荨^⑤草四时青。客似惊弦雁，舟如委浪萍。谁人劝言笑？何计慰漂零。慎勿琴离膝，长须酒满瓶。大都从此去，宜醉不宜醒。

----

①云梦：泽名，在今湖北安陆南。　　②畬：火种田，故曰烧处愁云梦。洞庭湖在湖南，其地有瘴气。　　③《博物志》："江南山溪中水射二虫，甲类也。口中有弩形，气射人影，随所

着处发疮不治。"《楚辞·九歌》，其一日《山鬼》。《九歌》序曰："沅湘之间，其俗信鬼。"   ④《山海经》："巴蛇吞象，三岁而出其骨。"《本草集解》："陶景宏曰：鸩鸟出广之深山中，啖蛇；人误食其肉，立死……苏恭曰：鸩鸟出商州以南江岭间，其肉腥有毒，不堪啖。"   ⑤荨（qián）：多年生草本植物。

暮 归

不觉百年半，何曾一日闲？朝随烛影出，暮趁鼓声还。瓮里非无酒，墙头亦有山。归来长困卧，早晚得开颜。

寄 远

欲忘忘未得，欲去去无由。两掖不生翅，二毛空满头。坐看新落叶，行上最高楼。暝色无边际，茫茫尽眼愁。

自 问

黑花满眼丝满头，早衰因病病因愁。宦途气味已谙尽，五十不休何日休。

莫走柳条词送别

南陌伤心别，东风满把春。莫欺杨柳弱，劝酒胜于人。

萧相公宅遇自远禅师，有感而赠

宦途堪笑不胜悲，昨日荣华今日衰。转似秋蓬无定处，长于春梦几多时？半头白发惭萧相，满面红尘问远师。应是世间缘未尽，欲抛官去尚迟疑。

七言十二句赠驾部吴郎中七兄①

四月天气和且清，绿槐阴合沙堤平。独骑善马衔镫稳，初着单衣支体轻。退朝下直少徒侣，归舍闭门无送迎。风生竹夜窗间卧，月照松时台上行。春酒冷尝三数盏，晓琴闲弄十余声。幽怀静境何人别？唯有南宫②老驾兄。

----

①自注：时早夏朝归，闲斋独处。偶题此什。驾部：官名，即驾部郎中员外郎，为兵部之属司，掌舆辇，传乘，邮驿，厩牧。　　②南宫：尚书省也。

玉真张观主下小女冠阿容

绰约小天仙，生来十六年。姑山半峰雪，瑶水一枝莲。

晚院花留立，春窗月伴眠。回眸虽欲语，阿母在傍边。

访 陈 二

晓垂朱绶带，晚着白纶巾。出去为朝客，归来是野人。两餐聊过日，一榻足容身。此外皆闲事，时时访老陈。

闻 夜 砧

谁家思妇秋捣帛，月苦风凄砧杵悲。八月九月正长夜，千声万声无了时。应到天明头尽白，一声添得一茎丝。

青 门 柳

青青一树伤心色，曾入几人离恨中？为近都门多送别，长条折尽减春风。

思 妇 眉

春风摇荡自东来，折尽樱桃绽尽梅。唯余思妇愁眉结，无限春风吹不开。

怨　词

夺宠心那惯？寻思倚殿门。不知移旧爱，何处作新恩？

采 莲 曲

菱叶萦波荷飐风，荷花深处小船通。逢郎欲语低头笑，碧玉搔头落水中。

移牡丹栽

金钱买得牡丹栽，何处辞丛别主来。红芳堪惜还堪恨，百处移将百处开。

听夜筝有感

江州去日听筝夜，白发新生不愿闻。如今格是①头成雪，弹到天明亦任君。

----

① 《容斋随笔》："格是"犹言"已是"也。

琵　琶

弦清拨刺语铮铮，背却残灯就月明。赖是心无惆怅事，不然争奈子弦声？

后 宫 词

　　雨露由来一点恩，争能遍布及千门。三千宫女胭脂面，几个春来无泪痕？

初罢中书舍人①

　　自惭拙宦叨清贯②，还有痴心怕素餐③。或望君臣相献替④，可图妻子免饥寒。性疏岂合承恩久？命薄元知济事难。分寸宠光酬未得，不休更拟觅何官？

----

　　①长庆二年。　　②清贯：侍从之官也。（见《正字通》）③素餐：无事而食也。《诗经》："彼君子兮，不素餐兮。"④献替：谓献可替否也。

宿阳城驿①对月

　　亲故寻回驾，妻孥未出关。凤皇池②上月，送我过商山③。

----

　　①阳城驿：在今河南登封境。　　②凤皇池：即凤池，中书省所在也。　　③见前《登商山最高顶》注。

商山路有感并序

前年夏，予自忠州刺史除书归阙。时刑部李十一侍郎，户部崔二十员外，亦自澧果二郡守征还，相次入阙，皆同此路。今年予自中书舍人授杭州刺史，又由此途出。二君已逝，予独南行；追叹兴怀，慨然成咏。后来有与予杓直虞平游者，见此短什，能无恻恻乎？倘未忘情，请为继和。长庆二年七月三十日，题于内乡县①南亭云尔。

----

①内乡县：河南南阳属县。

忆昨征还日，三人归路同。此生都是梦，前事旋成空。杓直泉埋玉，虞平烛过风。唯残乐天在，头白向江东。

重　感

停骖歇路隅，重感一长吁。扰扰生还死，纷纷荣又枯。因支青竹杖，闲捋白髭须。莫叹身衰老，交游半已无。

内乡县村路作

日下风高野路凉，缓驱疲马暗思乡。渭村秋物应如此，枣赤梨红稻穗黄。

路上寄银匙与阿龟

谪宦心都惯，辞乡去不难。缘留龟子①住，涕泪一阑干。小子须娇养，邹婆为好看。银匙封寄汝，忆我即加餐。

①龟子：龟儿。（见前《得行简书》诗注①）

郓州①赠别王八使君

昔是诗狂客，今为酒病夫。强吟翻怅望，纵醉不欢娱。鬓发三分白，交亲一半无。郓城君莫厌，犹较近京都。

①郓州：今湖北钟祥。

题别遗爱草堂兼呈李十使君①

曾住炉峰下，书堂对药台。斩新萝径合，依旧竹窗开。砌水亲开决，池荷手自栽。五年方暂至，一宿又须回。纵未长归得，犹胜不到来。君家白鹿洞②，闻道亦生苔。

①自注：李亦庐山人，尝隐白鹿洞。　　②白鹿洞：在庐山五老峰下。唐李渤与兄涉读书庐山，常畜一白鹿自随，因以名洞。

九江北岸遇风雨

　　黄梅县边黄梅雨，白头浪里白头翁。九江阔处不见岸，五月尽时多恶风。人间稳路应无限，何事抛身在此中？

舟中晚起

　　日高犹掩水窗眠，枕簟清凉八月天。泊处或依酤酒店，宿时多伴钓鱼船。退身江海应无用，忧国朝廷自有贤。且向钱塘湖上去，冷吟闲醉二三年。

对酒自勉

　　五十江城守，停杯一自思。头仍未尽白，官亦不全卑。荣宠寻过分，欢娱已校迟。肺伤虽怕酒，心健尚夸诗。醉舞吴娘袖，春歌蛮子词。犹堪三五岁，相伴醉花时。

病中对病鹤

　　同病病夫怜病鹤，精神不损翅翎伤。未堪再举摩霄汉，只合相随觅稻粱。但作悲吟和嘹唳，难将俗貌对昂藏。唯应一事宜为伴，我发君毛俱似霜。

白　发

　　雪发随梳落，霜毛绕鬓垂。加添老气味，改变旧容仪。不肯长如漆，无过总作丝。最憎明镜里，黑白半头时。

格　诗

官　舍

　　高树换新叶，阴阴覆地隅。何言太守宅，有似幽人居？太守卧其下，闲慵两有余。起尝一瓯茗，行读一卷书。早梅结青实，残樱落红珠。稚女弄庭果，嬉戏牵人裾。是日晚弥静，巢禽下相呼。喷喷护儿鹊，哑哑母子乌。岂惟云鸟尔？吾亦引吾雏。

吾　雏

　　吾雏字阿罗①，阿罗才七龄。嗟吾不才子，怜尔无弟兄。抚养虽骄騃，性识颇聪明。学母画眉样，效吾咏诗声。我齿今欲堕，汝齿昨始生。我头发尽落，汝顶髻初成。老幼不相待，父衰汝孩婴。缅想古人心，慈爱亦不轻。蔡邕念文姬②，于公叹缇萦③。敢求得汝力？但未忘父情。

----

　　①见前《罗子》诗。　　②东汉蔡邕女名琰，字文姬，博学有才辩，又妙于音律。兴平中，天下丧乱，文姬没于南匈奴中，作《胡笳十八拍》。曹操痛邕无嗣，乃遣使者以金璧赎之

归。　③缇（tí）萦：汉文帝时孝女。父淳于意有罪当刑，缇萦请入身为官婢，以赎父刑。帝悲其意，为除肉刑法。

醉　歌①

罢胡琴，掩秦瑟，玲珑再拜歌初毕。谁道使君不解歌？听唱黄鸡与白日。黄鸡催晓丑时鸣，白日催年酉时没。腰间红绶系未稳，镜里朱颜看已失。玲珑玲珑奈老何！使君歌了汝更歌。

------

①自注：示妓人商玲珑。

席上答微之

我住浙江西，君去浙江东①。勿言一水隔，便与千里同。富贵无人劝君酒，今宵为我尽杯中。

------

①长庆三年冬，微之移浙东观察，越州刺史。

苏州李中丞以《元日郡斋感怀诗》寄微之及予，辄依来篇，七言八韵，走笔奉答，兼呈微之

白首余杭白太守，落魄抛名来已久。一辞渭北故园春，再把江南新岁酒。杯前笑歌徒勉强，镜里形容渐衰朽。领郡惭当潦倒年，邻州喜得平生友。长洲草接松江岸，曲水花连

镜湖口①。老去还能痛饮无？春来曾作闲游否？凭莺传语报李六，倩雁将书与元九。莫嗟一日日催人，且贵一年年入手。

----

①长洲：唐置县，今并入江苏苏州。松江：今吴淞江。曲水：曲江，钱塘江之别名。（非洛邑之曲水）镜湖：鉴湖，在今浙江绍兴南。

食　饱

食饱拂枕卧，睡足起闲吟。浅酌一杯酒，缓弹数声琴。既可畅情性，亦足傲光阴。谁知名利尽？无复长安心。

三年为刺史二首

三年为刺史，无政在人口。唯向郡城中，题诗十余首。惭非甘棠①咏，岂有思人不？

----

①《诗·召南·甘棠》篇序："甘棠，美召伯也；召伯之教，明于南国。"《正义》："武王之时，召公为西伯行政于南土，决讼于甘棠之下，其教著明于南国，爱结于民心，故作是诗以美之。"

三年为刺史，饮冰复食檗①。唯向天竺山，取得两片石②。此抵有千金，无乃伤清白？

①《庄子》："朝受命而夕饮冰，我其内热欤？"食蘖：言苦心也。　②天竺山：在今浙江杭州灵隐山飞来峰之南。（参看后《洛下卜居》诗注②）

自余杭归宿淮口作

为郡已多暇，犹少勤吏职。罢郡更安闲，无所劳心力。舟行明月下，夜泊清淮北。岂止吾一身？举家同燕息。三年请禄俸，颇有余衣食。乃至童仆间，皆无冻馁色。行行弄云水，步步近乡国。妻子在我前，琴书在我侧。此外吾不知，于焉心自得。

洛下卜居①

三年典郡归，所得非金帛。天竺石两片，华亭鹤一只②。饮啄供稻粱，苞裹用茵席。诚知是劳费，其奈心爱惜。远从余杭郭，同到洛阳陌。下担拂云根，开笼展霜翮③。贞姿不可杂，高性宜其适。遂就无尘坊，仍求有水宅。东南得幽境，树老寒泉碧。池畔多竹阴，门前少人迹。未请中庶禄④，且脱双骖易⑤。岂独为身谋？安吾鹤与石。

①按《年谱》：作者以长庆四年五月去杭，于洛中履道里得故散骑常侍杨冯宅。　②《唐书》本传："杭州得天竺石一，华亭鹤二；苏州得太湖石五，折腰菱，俱置于里第池上。"华

亭：今上海松江之平原村，晋陆机故宅在其侧。《晋书·陆机传》："宦人孟玖谮机于成都王颖，收机。机叹曰：'华亭鹤唳，岂可复闻乎？'"是华亭夙以产鹤名。　　③云根：石也，以云触石而生。霜翮：鹤也，以其翮如霜之白。　　④作者自罢杭郡，除左庶子，分司东都。左庶子者，即汉之中庶子，为太子官属，禄拟侍中中书令。　　⑤自注：买履道宅，价不足，因以两马偿之。

洛中偶作

　　五年职翰林，四年莅浔阳。一年巴郡守，半年南宫郎①。二年直纶阁②，三年刺史堂。凡此十五载，有诗千余章。境兴周万象，土风备四方。独无洛中作，能不心悢悢③？今为春官④长，始来游此乡。徘徊伊涧⑤上，睥睨嵩少⑥傍。遇物辄一咏，一咏倾一觞。笔下成释憾，卷中同《补亡》⑦。往往顾自哂，眼昏鬓苍苍。不知老将至⑧，独自放诗狂。

----

　　①南宫：见前《七言十二句赠驾部吴郎中七兄》诗注②及《初除尚书郎脱刺史绯》诗注①。　　②纶阁：撰拟制诰之处也。按《年谱》元和十五年，转主客司郎中，知制诰。长庆元年，除中书舍人，知制诰。　　③《玉篇》："悢悢，惆怅也。"④春官：礼部官也。　　⑤伊涧：二水名，均流经洛阳，入于洛水。　　⑥嵩少：谓嵩山，少室。嵩山在河南登封北，少室在其西。　　⑦《淮南子》："气激则发怒，发怒则有所释憾矣。"

晋束皙《补亡诗序》："皙与同业畴人肄修乡饮之礼，然所咏之诗，或有义无辞；音乐取节，阙而不讲，于是补著其文，以缀旧制。"　　⑧《论语》："不知老之将至云尔。"

移家入新宅

移家入新宅，罢郡有余资。既可避燥湿，复免忧寒饥。疾平未还假，官闲得分司。幸有禄俸在，而无职役羁。清旦盥漱毕，开轩卷帘帏。家人及鸡犬，随我亦熙熙。取兴不过酒，放情或作诗。何必苦修道？此即是无为。外累信已遣，中怀时有思。有思一何远！默坐低双眉。十载囚窜客，万里征戍儿。春朝锁笼鸟，冬夜支床龟①。驿马走四蹄，痛酸无歇期。硙牛②封两目，昏闭何人知？谁能脱放去，四散任所之。各得适其性，如吾今日时？

----

①支床龟：同"搘床龟"。《史记·龟策传》："南方老人以龟搘床足，行二十年，移床，龟尚生。"　　②硙（wèi）：磨也。硙牛：推磨牛也。

自　咏

夜镜隐白发，朝酒发红颜。可怜假年少，自笑须臾间。朱砂贱如土，不解烧为丹。玄鬓化为雪，未闻休得官。咄哉个丈夫！心性何堕顽！但遇诗与酒，便忘寝与餐。高声发一吟，似得诗中仙。引满饮一盏，尽忘身外缘。昔有醉先生，席地而幕天①。于今居处在，许我当中眠。眠罢又一酌，酌罢又一篇。回面顾妻子，生计方落然②。诚知此事非，又过知非年③。岂不欲自改？改即心不安。且向安处去，其余皆老闲。

----

①晋刘伶《酒德颂》："有大人先生，以天地为一朝，万期为须臾，日月为扃牖，八荒为庭衢；行无辙迹，居无室庐；幕天席地，纵意所如。"　②落然：犹言萧然。　③《淮南子》："蘧伯玉行年五十而知四十九年之非。"

晏　起

鸟鸣庭树上，日照屋檐时。老去慵转极，寒来起尤迟。厚薄被适性，高低枕得宜。神安体稳暖，此味何人知？睡足仰头坐，兀然无所思。如未凿七窍，若都遗四肢。缅想长安客，早朝霜满衣。彼此各自适，不知谁是非。

春葺新居

江州司马日，忠州刺史时。栽松满后院，种柳荫前墀。彼皆非吾土，栽种尚忘疲。况兹是我宅，葺艺固其宜。平旦领仆使，乘春亲指挥。移花夹暖室，徙竹覆寒池。池水变绿色，池芳动清辉。寻芳弄水坐，尽日心熙熙。一物苟可适，万缘都若遗。设如宅门外，有事吾不知。

泛 春 池

白蘋湘渚曲，绿筱剡溪口①。各在天一涯，信美非吾有。如何此庭内，水竹交左右？霜竹百千竿，烟波六七亩。泓澄动阶砌，澹泞映户牖②。蛇皮细有纹，镜面清无垢。主人过桥来，双童扶一叟。恐污清冷波，尘缨先抖擞。波上一叶舟，舟中一尊酒。酒开舟不系，去去随所偶。或绕蒲浦前，或泊桃岛后。未拨落杯花，低冲拂面柳。半酣迷所在，倚榜兀回首。不知此何处，复是人寰否？谁知始疏凿，几主相传受。杨家去云远，田氏将非久。天与爱水人，终焉落吾手③。

----

①湘渚：谓湘江之渚。剡溪：在浙江，曹娥江之上游。
②泓（hóng）澄：清貌。澹泞：清淡貌。木华《海赋》："决渧澹泞。"　③自注：此池始杨常侍开凿，中间田氏为主，予今有之。蒲浦、桃岛：皆池上所有。

郡斋旬假使命宴，呈座客，示郡寮①

公门日两衙，公假月三旬。衙用决簿领②，旬以会亲宾。公多及私少，劳逸常不均。况为剧郡长③，安得闲宴频？下车已二月，开筵始今晨。初黔军厨突④，一拂郡榻尘。既备献酬礼，亦具水陆珍。萍醅箬溪醑⑤，水脍松江鳞⑥。侑食乐悬⑦动，佐欢妓席陈。风流吴中客，佳丽江南人。歌节点随袂，舞香遗在茵。清奏凝未阕，酡颜⑧气已春。众宾勿遽起，郡寮且逡巡。无轻一日醉，用犒九日勤。微彼九日勤，何以治吾民？微此一日醉，何以乐吾身？

----

　　①自注：自此后在苏州作。按《年谱》，作者以宝历元年三月除苏州刺史，五月到任。　　②簿领：犹言簿书。　　③剧郡：谓烦剧之郡。　　④黔：黑也；突：烟突。言初作火也。⑤言美酒如绿萍之色。箬溪：未详。　　⑥脍：细切也。松江：见《答苏州李中丞》诗注①。　　⑦《周礼·春官》：“小胥正，乐县之位。”注：“乐县，谓钟磬之属悬于笋虡者。”乐县，即乐悬。　　⑧酡颜：犹醉颜也。《楚辞》：“美人既醉，朱颜酡些。”

一 叶 落

　　烦暑郁未退，凉飙①潜已起。寒温与盛衰，递相为表里。萧萧秋林下，一叶忽先萎。勿言一叶微，摇落②从此始。

----

　　①凉飙：凉风也。潘岳诗：“凉飙自远集。”　　②宋玉《九辩》：“悲哉，秋之为气也！萧瑟兮，草木摇落而变衰！”

九日宴集，醉题郡楼，兼呈周殷二判官①

　　前年九日在余杭，呼宾命宴虚白堂②。去年九日到东洛，今年九日来吴乡。两边蓬鬓一时白，三处菊花同色黄。一日日知添老病，一年年觉惜重阳。江南九月未摇落，柳青蒲绿稻穟香。姑苏台③榭倚苍霭，太湖山水含清光。可怜假日好天色，公门吏静风景凉。榜舟鞭马取宾客，扫楼拂席排壶觞。胡琴铮铴指拨刺，吴娃美丽眉眼长。笙歌一曲思凝绝，金钿再拜光低昂。日脚欲落备灯烛，风头渐高加酒浆。觥盏滟飞菡萏叶，舞鬟摆落茱萸房。半酣凭槛起四顾，七堰八门六十坊。远近高低寺间出，东西南北桥相望。水道脉分棹鳞次，里闾棋布城册方。人烟树色无隙罅，十里一片青茫茫。自问有何才与政？高厅大馆居中央。铜鱼今乃泽国节，刺史自古吴都王④。郊无戎马郡无事，门有棨戟⑤腰有章。盛时傥来合惭愧，壮岁忽去还感伤。从事醒归应不可，使君醉倒亦何妨，请君停杯听我语，此语真实非虚狂。五旬已过不为夭，七十为期盖是常。须知菊酒登高会，从此多无二十场。

----

　　①判官：唐时节度、观察、防御诸使僚属也。　　②白堂：见前《郡亭》诗注③。　　③姑苏台：吴王夫差所造，或云阖闾所筑，在今江苏苏州姑苏山上。　　④铜鱼：符名。《唐书·百官志》："凡有召者，降墨敕，勘铜鱼木契，然后入。"《周礼》："泽国用龙节。"泽国：谓多水之国，指吴越地。吴都：谓昔吴国之都，今江苏苏州。　　⑤棨（qǐ）：古代官吏出行时身份证明。木制。

霓裳羽衣舞歌①

我昔元和侍宪皇，曾陪内宴宴昭阳。千歌百舞不可数，就中最爱《霓裳舞》。舞时寒食春风天，玉钩栏下香案前。案前舞者颜如玉②，不着人家俗衣服。虹裳霞帔步摇冠③，钿璎累累佩珊珊。娉婷似不任罗绮，顾听乐悬④行复止。磬箫筝笛递相搀，击擫弹吹声迤逦⑤。散序六奏未动衣，阳台宿云慵不飞⑥。中序擘騞初入拍，秋竹竿裂春冰拆⑦。飘然转旋回雪轻，嫣然纵送游龙惊。小垂手后柳无力，斜曳裾时云欲生⑧。烟蛾敛略不胜态，风袖低昂如有情。上元点鬟招萼绿，王母挥袂别飞琼⑨。繁音急节十二遍⑩，跳珠撼玉何铿铮！翔鸾舞了却收翅，唳鹤曲终长引声⑪。当时乍见惊心目，凝视谛听殊未足。一落人间八九年，耳冷不曾闻此曲。溢城但听山魈语，巴峡唯闻杜鹃哭⑫。移领钱塘第二年，始有心情问丝竹。玲珑箜篌谢好筝，陈宠觱栗沈平笙⑬。清弦脆管纤纤手，教得《霓裳》一曲成。虚白亭⑭前湖水畔，前后只应三度按。便除庶子⑮抛却来，闻道如今各星散。今年五月至苏州，朝钟暮角催白头。贪看案牍常侵夜，不听笙歌直到秋。秋来无事多闲闷，忽忆《霓裳》无处问。闻君部内多乐徒，问有《霓裳》舞者无？答云七县十万户，无人知有《霓裳》舞。唯寄长歌与我来，题作《霓裳羽衣谱》。四幅花笺碧间红，《霓裳》实录在其中。千姿万状分明见，恰与昭阳舞者同。眼前仿佛睹形质，昔日今朝想如一。疑从魂梦呼召来，似著丹青图写出。我爱《霓裳》君合知，发于歌咏形于诗。君不见，我歌云："惊破《霓裳羽衣曲》⑯？"又不见，我诗云："曲爱《霓裳》未拍时？⑰"由来能事皆有主，杨氏创声君造谱⑱。君言此舞难得人，须是倾城可怜女。
吴妖小玉飞作烟，越艳西施化为土。娇花巧笑久寂寥，娃
馆苎萝空处所⑲。如君所言诚有是，君试从容听我语。若求
国色始翻传，但恐人间废此舞。妍蚩优劣宁相远？大都只在
人抬举。李娟张态君莫嫌⑳，亦拟随宜且教取。

----

①自注：和微之。　　②古诗："燕赵多佳人，美者颜如
玉。"　　③《晋书》记载《慕容庞传》："时，燕代多冠步摇冠，
莫护跋见而好之，乃敛发袭冠。"言其冠巍峨，行步必摇动也。
④见《郡斋旬假命宴》诗注⑦。　　⑤击磬，撖箫，弹筝，吹
笛。自注：法曲之初，众乐不齐，惟金石丝竹，次第发声。《霓
裳》序初，亦复如此。　　⑥自注：散序亦遍无拍，故不舞也。
按：散序，谓序曲无拍者。宋玉《高唐赋序》："妾在巫山之阳，
高丘之阻，旦为朝云，暮为行雨；朝朝暮暮，阳台之下。"阳
台：指楚王与巫山神女幽会之处。　　⑦自注：中序始有拍，
亦名拍序。按：中序，谓序曲之中段。謋騞（huō）：解裂声。
⑧自注：四句皆霓裳舞之初态。　　⑨上元夫人，西王母，（见
《汉武帝内传》）并女仙之上者。自注：许飞琼、萼绿华，皆女
仙也。　　⑩自注：《霓裳曲》，十二遍而终。　　⑪自注：凡
曲将毕，皆声迫促速，唯《霓裳》之末长引一声也。　　⑫自
注：予自江州司马转忠州刺史。　　⑬自注：自玲珑以下，皆
杭之名妓。　　⑭见《郡亭》注③。　　⑮见《洛下卜居》
注④。　　⑯自注：《长恨歌》云。　　⑰自注：《钱唐诗》云。
⑱自注：开元中，西凉府节度杨敬述造。　　⑲自注：夫差女

小玉死后，形见于王，其母抱之，霏微若烟雾散空。娃馆：即馆娃，宫名，吴王夫差造，以馆西施。遗址在今苏州灵岩山上。苎萝：村名，西施所居，在今浙江诸暨南五里。　⑳自注：娟、态，苏妓之名。

小童薛阳陶吹觱栗歌①

　　剪削干芦插寒竹，九孔漏声五音足。近来吹者谁得名？关璀老死李衮生。衮今又老谁其嗣？薛氏乐童年十二。指点之下师授声，含嚼之间天与气。润州②城高霜月明，吟霜思月欲发声。山头江底何悄悄！猿声不喘鱼龙听。翕然声作疑管裂，诎然声尽疑刀截③。有时婉软无筋骨，有时顿挫生棱节。急声圆转促不断，轹轹辚辚似珠贯。缓声展引长有条，有条直直如笔描。下声乍坠石沉重，高声忽举云飘萧。明旦公堂陈宴席，主人命乐娱宾客。碎丝细竹徒纷纷，宫调一声雄出群。众音觖缕④不落道，有如部伍随将军。嗟尔阳陶方稚齿，下手发声已如此！若教头白吹不休，但恐声名压关李。

----

　　①自注：和浙西李大夫作。觱栗：乐器，出龟兹，形状详篇中。　②润州：今江苏镇江治。　③翕然：乍动也；诎然：绝止也。《礼记》："叩之，其声清越以长，其终诎然，乐也。"　④觖（luó）缕：委曲也。

啄 木 曲①

莫买宝剪刀，虚费千金直。我有心中愁，知君剪不得。莫磨解结锥，虚劳人气力。我有肠中结，知君解不得。莫染红丝线，徒夸好颜色。我有双泪珠，知君穿不得。莫近红炉火，炎气徒相逼。我有两鬓霜，知君消不得。刀不能剪心愁，锥不能解肠结。线不能穿泪珠，火不能销鬓雪。不如饮此神圣杯，万念千忧一时歇。

----

①一作"四不如酒"。

题灵岩寺①

娃宫屟廊寻已倾，砚池香径又欲平。二三月时但草绿，几百年来空月明。使君虽老颇多思，携觞领妓处处行。今愁古恨入丝竹，一曲《凉州》②无限情。直自当时到今日，中间歌吹更无声。

----

①自注：寺即吴馆娃宫。鸣屟（xiè）廊，砚池，采香径遗迹在焉。按鸣屟廊，即响屟廊。《智积记》云："砚石山在吴县西，阖闾置宫苑，琴台，响屟廊，馆娃宫。"又《香谱》云："吴王阖闾起响屟廊，采香径。"　②《凉州》：乐曲名，即《凉州破》。唐天宝末西凉府都督郭知运进之。

双　石

　　苍然两片石，厥状怪且丑。俗用无所堪，时人嫌不取。结从胚浑始①，得自洞庭口。万古遗水滨，一朝入吾手。担舁来郡内，洗刷去泥垢。孔黑烟痕深，罅青苔色厚。老蛟蟠作足，古剑插为首。忽疑天上落，不似人间有。一可支吾琴，一可贮吾酒。峭绝高数尺，坳泓容一斗。五弦倚其左，一杯置其右。洼樽酌未空，玉山颓②已久。人皆有所好，物各求其偶。渐恐少年场，不容垂白叟。回头问双石，能伴老夫否？石虽不能言，许我为三友。

----

　　①胚浑：谓天地胚胎浑沌之时。　　②玉山颓：言醉也。《世说新语》："嵇叔夜之为人也，岩岩若孤松之独立，其醉也，傀俄若玉山之将崩。"

日渐长：赠周殷二判官

　　日渐长，春尚早。墙头半露红萼枝，池岸新铺绿芽草。蹋草攀枝仰头叹，何人知此春怀抱？年颜盛壮名未成，官职欲高身已老。万茎白发直堪恨，一片绯衫何足道？赖得君来劝一杯，愁开闷破心头好。

花前叹

前岁花前五十二，今年花前五十五。岁课年功头发知，从霜成雪君看取①。几人得老莫自嫌，樊李吴韦尽成土②。南州桃李北州梅，且喜年年作花主。花前置酒谁相劝？容坐唱歌满起舞③。欲散重拈花细看，争知明日无风雨？

----

①自注：五年前在杭州，有诗云："五十二人头似雪。"
②自注：樊绛州宗师，李谏议景伦，吴饶州丹，韦侍郎颛，皆旧往还，相次丧也。　　③自注：容、满，皆妓名也。

自咏五首

朝亦随群动，暮亦随群动。荣华瞬息间，求得将何用？形骸与冠盖，假合相戏弄。何异睡着人，不知梦是梦。

一家五十口，一郡十万户。出为差科头，入为衣食主。水旱合心忧，饥寒须手抚。何异食蓼虫，不知苦是苦①。

----

①蓼（liǎo）：辛菜也。《楚辞》："蓼虫不徙乎葵藿。"注："言蓼虫处辛疏，食苦恶，不徙葵藿食甘美者也。"

公私颇多事，衰惫殊少欢。迎送宾客懒，鞭笞黎庶难。老耳倦声乐，病口厌杯盘。既无可恋者，何以不休官。

一日复一日，自问何留滞？为贪逐日俸，拟作归田计。
亦须随丰约，可得无限剂？若待足始休，休官在何岁？

官舍非我庐，官园非我树。洛中有小宅，渭上有别墅。
既无婚嫁累，幸有归休处。归去诚已迟，犹胜不归去。

题故元少尹集后二首

黄壤讵知我？白头徒忆君。唯将老年泪，一洒故人文。

遗文三十轴，轴轴金玉声。龙门原上土，埋骨不埋名。

吴中好风景二首

吴中好风景，八月如三月。水荇叶仍香，木莲花未歇。
海天微雨散，江郭纤埃灭。暑退衣服干，潮生船舫活。两衙
渐多暇，亭午初无热。骑吏语使君，正是游时节。

吴中好风景，风景无朝暮。晓色万家烟，秋声八月树。
舟移管弦动，桥拥旌旗驻。改号齐云楼①，重开武丘路②。况
当丰熟岁，好是欢游处。州民劝使君，且莫抛官去。

---

①作者有《齐云楼晚望》诗。自注：楼在苏州。　　②武

丘：虎丘。唐时讳虎，改曰武丘。

自问行何迟

前月发京口①，今辰次淮涯。二旬四百里，自问行何迟？还乡无他计，罢郡有余资。进不慕富贵，退未忧寒饥。以此易过日，腾腾②何所为？逢山辄倚棹，遇寺多题诗。酒醒夜深后，睡足日高时。眼底一无事，心中百不知。想到京国日，懒放亦如斯。何必冒风水，促促赴程归？

----

①京口：在今江苏镇江。　　②腾腾：匆忙貌。

有感三首

鬓毛已斑白，衣绶方朱紫。穷贱当壮年，富荣临暮齿。车舆红尘合，第宅青烟起。彼来此须去，品物①之常理。第宅非吾庐，逆旅暂留止。子孙非我有，委蜕②而已矣。有如蚕造茧，又似花生子。子结花暗凋，茧成蚕老死。悲哉可奈何！举世皆如此。

----

①品物：众物也。《易·乾卦》："品物流形。"　　②委蜕：谓虫类之蛹化，其所解脱之外皮，委弃而无用也。《庄子》："子孙非汝有，天地之委蜕也。"

莫养瘦马驹，莫教小妓女。后事在目前，不信君看取。

马肥快行走，妓长能歌舞。三年五岁间，已闻换一主。借问新旧主，谁乐谁辛苦。请君大带上，把笔书此语。

往事勿追思，追思多悲怆。来事勿相迎，相迎亦惆怅。不如兀然坐，不如塌然卧。食来即开口，睡来即合眼。二事最关身，安寝加餐饭。忘怀任行止，委命随修短。更若有兴来，狂歌酒一盏。

宿荥阳①

生长在荥阳，少小辞乡曲。迢迢四十载，复到荥阳宿。去时十一二，今年五十六。追思儿戏时，宛然犹在目。旧去失处所，故里无宗族。岂唯变市朝？兼亦迁陵谷，独有溱洧水②，无情依旧绿。

----

①荥阳：今属河南。　②溱、洧：二水名，均在河南，异源而会为双泊河。

就花枝

就花枝，移酒海，今朝不醉明朝悔。且算欢娱逐日来，任他容鬓随年改。醉翻衫袖抛小令，笑掷骰盘呼大采。自量气力与心情，三五年间犹得在。

劝　酒

　　劝君一杯君莫辞，劝君两杯君莫疑，劝君三杯君始知。面上今日老昨日，心中醉时胜醒时。天地迢迢自长久，白兔赤乌相趁走①。身后堆金拄北斗，不如生前一樽酒。君不见？春明门外天欲明，喧喧歌哭半死生。游人驻马出不得，白舆紫车争路行。归去来，头已白，典钱将用买酒吃。

----

　　①白兔：月也；赤乌：日也。

落　花

　　留春春不住，春归人寂寞。厌风风不定，风起花萧索。既兴风前叹①，重命花下酌。劝君赏绿醅，教人拾红萼。桃飘红焰焰，梨堕雪漠漠。独有病眼花，春风吹不落。

----

　　①谢庄《月赋》："临风叹兮将焉歇？川路长兮不可越。"

对 镜 吟

　　白头老人照镜时，掩镜沉吟吟旧诗。二十年前一茎白，如今变作满头丝①。吟罢回头索杯酒，醉来屈指数亲知。老于我者多穷贱，设使身存寒且饥。少于我者半为土，墓树已抽三五枝。我今幸得见头白，禄俸不薄官不卑。眼前有酒心无苦，只合欢娱不合悲。

----

①自注：予二十年前尝有诗云："白发生一茎，朝来明镜里。勿言一茎少，满头从此始。"今则满头矣。

耳顺吟：寄敦诗梦得

三十四十五欲牵，七十八十百病缠。五十六十却不恶，恬澹清净心安然。已过爱贪声利后，犹在病羸昏耄前。未无筋力寻山水，尚有心情听管弦。闲开新酒尝数盏，醉忆旧诗吟一篇。敦诗梦得且相劝，不用嫌他耳顺年①。

----

①《论语》："六十而耳顺。"

劝 我 酒

劝我酒，我不辞；请君歌，歌莫迟。歌声长，辞亦切，此辞听者堪愁绝。洛阳女儿面似花，河南大尹①头如雪。

----

①按《年谱》：作者以太和五年除河南尹，时年六十。

中 隐

大隐住朝市，小隐入丘樊。丘樊太冷落，朝市太嚣喧。不如作中隐，隐在留司官。似出复似处，非忙亦非闲。不劳心与力，又免饥与寒。终岁无公事，随月有俸钱。君若好登临，城南有秋山。君若爱游荡，城东有春园。君若欲一醉，时出赴宾筵。洛中多君子，可以恣欢言。君若欲高卧，但自深掩关。亦无车马客，造次到门前。人生处一世，其道难两全。贱即苦冻馁，贵则多忧患。唯此中隐士，致身吉且安。穷通与丰约，正在四者间。

知 足 吟[①]

不种一陇田，仓中有余粟。不采一枝桑，箱中有余服。官闲离忧责，身泰无羁束。中人百户税，宾客一年禄。樽中不乏酒，篱下仍多菊。是物皆有余，非心无所欲。吟君《未贫》作，因歌《知足》曲。自问此时心，不足何时足？

----

①自注：和崔十八《未贫》作。

偶作二首

扰扰贪生人，几何不夭阏[①]？遑遑爱名人，几何能贵达？伊余信多幸，拖紫垂白发。身为三品官，年已五十八。筋骸虽早衰，尚未苦羸惙[②]。资产虽不丰，亦不甚贫竭。登山力犹在，遇酒兴时发。无事日月长，不羁天地阔。安身有处所，适意无时节。解带松下风，抱琴池上月。人间所重者，相印将军钺。谋虑系安危，威权主生杀。焦心一身苦，炙手旁人热③。未必方寸间，得如吾快活。

---

①夭：犹折也；阏：犹遏。挫折遏止之意。《庄子》："背负青天而莫之夭阏。"　　②嬴：瘠也；惙：疲也。　　③见《放言》其四注①。

日出起盥栉，振衣入道场。寂然无他念，但对一炉香。日高始就食，食亦非膏粱。精粗随所有，亦足饱充肠。日午脱巾簪，燕息窗下床。清风飒然至，卧可致羲皇①。日西引杖屦，散步游林塘。或饮茶一盏，或吟诗一章。日入多不食，有时唯命觞。何以送闲夜？一曲秋《霓裳》。一日分五时，作息率有常。自喜老后健，不嫌闲中忙。是非一以贯，身世交相忘。若问此何许？此是无何乡②。

---

①《晋书·陶潜传》："尝言夏日虚闲，高卧北窗之下，清风飒至，自谓羲皇上人。"　　②《庄子》："今之有大树，患其无用，何不树之于无何有之乡，广漠之野？"

日　长

日长昼加餐，夜短朝余睡。春来寝食闲，虽老犹有味。林塘得芳景，园曲生幽致。爱水多棹舟，惜花不扫地。幸无眼下病，且向樽前醉。身外何足言？人间本无事。

三月三十日作

今朝三月尽，寂寞春事毕。黄鸟渐无声，朱樱新结实。临风独长叹，此叹意非一。半百过九年，艳阳①残一日。随年减欢笑，逐日添衰疾。且遣花下歌，送此杯中物②。

----

①艳阳：谓春也。　②杯中物：酒也。陶渊明诗："天运苟如此，且进杯中物。"

慵 不 能

架上非无书，眼慵不能看。匣中亦有琴，手慵不能弹。腰慵不能带，头慵不能冠。午后恣情寝，午时随事餐。一餐终日饱，一寝至夜安。饥寒亦闲事①，况乃不饥寒？

----

①闲事：犹言等闲事，常事也。

嗟 发 落

朝亦嗟发落，暮亦嗟发落。落尽诚可嗟，尽来亦不恶。既不劳洗沐，又不烦梳掠。最宜湿暑天，头轻无髻缚。脱置垢巾帻，解去尘缨络。银瓶贮寒泉，当顶倾一勺。有如醍醐灌①，坐受清凉乐。因悟自在僧，亦资于剃削。

----

①佛家言"醍醐灌顶"，本喻输入人之智慧也，今以为令人舒适之喻。《涅槃经》："从乳出酪，从酪出生酥，从生酥出熟酥，从熟酥出醍醐，最上。"

安 稳 眠

家虽日渐贫，犹未苦饥冻。身虽日渐老，幸无急病痛。眼逢闹处合，心向闲时用。既得安稳眠，亦无颠倒梦。

池上夜境

晴空星月落池塘，澄鲜净绿表里光。露簟清莹迎夜滑，风襟潇洒先秋凉。无人惊处野禽下，新睡觉时幽草香。但问尘埃能去否，濯缨何必问沧浪①？

----

①见《舟行江州路上作》注④。

寄 情

灼灼早春梅，东南枝最早。持来玩未足，花向手中老。芳香销掌握，怅望生怀抱。岂无后开花？念此先开好。

咏兴五首并序

七年①四月，予罢河南府，归履道第②。庐舍自给，衣储自充；无欲无营，或歌或舞。颓然自适；盖河洛间一幸人也。遇兴发咏，偶成五章，各以首句命为题目。

----

①太和七年。　　②见《洛下卜居》注。

解印出公府

解印出公府，抖擞尘土衣。百吏放尔散，双鹤随我归。归来履道宅，下马入柴扉。马嘶返旧枥，鹤舞还故池。鸡犬何忻忻！邻里亦依依。年颜老去日，生计胜前时。有帛御冬寒，有谷防岁饥。饱于东方朔①，乐于荣启期②。人生且如此，此外吾不知。

----

①《汉书·东方朔传》："朱儒饱欲死，臣朔饥欲死。"
②见《丘中有一士》注①。

出府归吾庐

出府归吾庐，静然安且逸。更无客干谒，时有僧问疾。家童十余人，枥马三四匹。慵发经旬卧，兴来连日出。出游爱何处？嵩碧伊瑟瑟①。况有清和天，正当疏散日。身闲自为贵，何必居荣秩？心足即非贫，岂唯金满室？吾观权势者，

苦以身徇物。炙手外炎炎，履冰中栗栗。朝饥口忘味，夕惕
心忧失。但有富贵名，而无富贵实。

----

①瑟瑟：风声。梁简文帝诗："耳听风瑟瑟，目视雪霏霏。"

池上有小舟

池上有小舟，舟中有胡床。床前有新酒，独酌还独尝。
熏若春日气，皎如秋水光。可洗机巧心，可荡尘垢肠。岸曲
舟行迟，一曲进一觞。未知几曲醉，醉入无何乡①。夤缘潭
岛间，水竹深青苍。身闲心无事，白日为我长。我若未忘世，
虽闲心亦忙。世若未忘我，虽退身难藏。我今异于是，身世
交相忘。

----

①无何乡："无何有之乡"之省称。指空无所有的地方。语
出《庄子·逍遥游》。

四月池水满

四月池水满，龟游鱼跃出。吾亦爱吾池，池边开一室。
人鱼虽异族，其乐归于一。且与尔为徒，逍遥同过日。尔无
羡沧海，蒲藻可委质。吾亦忘青云，衡茅足容膝。况吾与尔
辈，本非蛟龙匹。假如云雨来，只是池中物①。

----

①《吴志·周瑜传》："刘备以枭雄之姿……必非久屈为人
用者。恐蛟龙得云雨，终非池中物也。"

小庭亦有月

小庭亦有月，小院亦有花。可怜好风景，不解嫌贫家。菱角执笙簧，谷儿抹琵琶。红绡信手舞，紫绡随意歌①。村歌与社舞，客哂主人夸。但问乐不乐，岂在钟鼓多？客告暮将归，主称日未斜。请客稍深酌，愿见朱颜酡②。客知主意厚，分数随后加。堂上烛未秉，座中冠已峨。左顾短红袖，右命小青蛾。长跪谢贵客，蓬门劳见过。客散有余兴，醉卧独吟哦。幕天而席地，谁奈刘伶何③！

----

①自注：菱、谷、紫、红，皆小臧获名也。　②朱颜酡：醉后脸泛红晕。语出《楚辞·招魂》"美人既醉，朱颜酡些"。③见《自咏》注①。

秋凉闲卧

残暑昼犹长，早凉秋尚嫩。露荷散清香，风竹含疏韵。幽闲竟日卧，衰病无人问。薄暮宅门前，槐花深一寸。

把　酒

把酒仰问天，古今谁不死？所贵未死间，少忧多欢喜。穷通谅在天，忧喜即由己。是故达道人，去彼而取此。勿言未富贵，久忝居禄仕。借问宗族间，几人拖金紫？勿忧渐衰老，且喜加年纪。试数班行中，几人及暮齿？朝餐不过饱，五鼎①徒为尔。夕寝止求安，一衾而已矣。此外皆长物，于我云相似②。有子不留金③，何况兼无子④？

---

①《汉书·主父偃传》："丈夫生不五鼎食，死即五鼎烹。"②《论语》："不义而富且贵，于我如浮云。"　③汉疏广既归乡里，日令家共具，设酒食，请族人故旧宾客，与相娱乐。族人劝其买田宅，广曰："吾岂老悖不念子孙哉？顾自有旧田庐，令子孙勤力其中，足以供衣食，与凡人齐。今复增益之，以为赢余，但教子孙怠惰耳。"　④《吾雏》诗云："怜尔无弟兄。"

首　夏

林静蚊未生，池静蛙未鸣。景长①天气好，竟日和且清。春禽余哢在，夏木新阴成。兀尔水边坐，翛然桥上行。自问一何适？身闲官不轻。料钱随月用，生计逐日营。食饱惭伯夷，酒足愧渊明②。寿倍颜氏子，富百黔娄生③。有一即为乐，况吾四者并。所以私自慰，虽老有心情。

---

①景长：日长也。　②自注：陶潜诗云："饮酒常不足。"③黔娄：战国齐贤士。安道乐贫。

古　意

脉脉复脉脉，美人千里隔。不见来几时，瑶草三四碧？

玉琴声悄悄，鸾镜尘幂幂。昔为连理枝，今作分飞翮。寄书
多不达，加饭终无益。心肠不自宽，衣带何由窄？

山游示小妓

　　双鬟垂未合，三十才过半。本是绮罗人，今为山水伴。
春泉共挥弄，好树同攀玩。笑容花底迷，酒思风前乱。红凝
舞袖急，黛惨歌声缓。莫唱《杨柳枝》①，无肠与君断。

----

①见后《杨柳枝词八首》注①。

送吕漳州

　　今朝一壶酒，言别漳州①牧。半自要闲游，爱花怜草绿。
花前下鞍马，草上携丝竹。行客饮数杯，主人歌一曲。端居
惜风景，屡出劳童仆。独醉似无名，借君作题目。

----

①漳州：今属福建。

老　热

　　一饱百情足，一酣万事休。何人不衰老？我老心无忧。
仕者拘职役，农者劳田畴。何人不苦热？我热身自由。卧风
北窗下①，坐月南池头。脑凉脱乌帽，足热濯清流。慵发昼
高枕，兴来夜泛舟。何乃有余适？只缘无过求。或问诸亲友，

乐天是与不？亦无别言语，多道天悠悠。悠悠君不知，此味深且幽。但恐君知后，亦来从我游。

————————————

①见《偶作二首》其二注①。

懒放二首：呈刘梦得吴方之

青衣报平旦，呼我起盥栉。"今早天气寒，郎君应不出。又无宾客至，何以销闲日？已向微阳前，暖酒开诗帙。"

朝怜一床日，慕爱一炉火。床暖日高眠，炉温夜深坐。雀罗①门懒出，鹤发头慵裹。除却刘与吴，何人来问我？

————————————

①见《放言五首》其四注②。

寒　食

人老何所乐？乐在归乡国。我归故园来，九度逢寒食。故园在何处？池馆东城侧。四邻梨花时，二月伊水色。岂独好风土，仍多旧亲戚。出去恣欢游，归来聊燕息。有官供禄俸，无事劳心力。但恐优稳多，微躬销不得。

忆江南词三首①

江南好，风景旧曾谙。日出江花红胜火，春来江水绿如蓝。能不忆江南？

---

①自注：此曲亦名《谢秋娘》，每曲五句。

江南忆，最忆是杭州。山寺月中寻桂子，郡亭枕上看潮头。何日更重游？

江南忆，其次忆吴宫。吴酒一杯春竹叶，吴娃双舞醉芙蓉。早晚复相逢？

览镜喜老

今朝览明镜，须鬓尽成丝。行年六十四，安得不衰羸？亲属惜我老，相顾兴叹咨。而我独微笑，此意何人知？笑罢仍命酒，掩镜捋白髭。尔辈且安坐，从容听我词。生若不足恋，老亦何足悲？生若苟可恋，老即生多时。不老即须夭，不夭即须衰。晚衰胜早夭，此理决不疑。古人亦有言，浮生七十稀①。我今欠六岁，多幸或庶几。倘得及此限，何羡荣启期②？当喜不当叹，更倾酒一卮。

---

①杜甫诗："人生七十古来稀。"　　②见《丘中有一士》注①。

西　行

衣裘不单薄，车马不赢弱。蔼蔼三月天，间行亦不恶。寿安①流水馆，硖石②青山郭。官道柳阴阴，行宫花漠漠。常闻俗闲语，有钱在处乐。我虽非富人，亦不苦寂寞。家童解弦管，骑从携杯杓。时向春风前，歇鞍开一酌。

----

①寿安：行馆名。　　②硖石：关名，在今河南陕县境。

东　归

翩翩平肩舁，中有醉老夫。膝上展诗卷，竿头悬酒壶。食宿无定程，仆马多缓驱。临水歇半日，望山倾一盂。藉草坐巉峨，攀花行踟蹰。风将景共暖，体与心同舒。始悟有营者，居家如在途。方知无系者，在道如安居。前夕宿三堂①，今旦游申湖②。残春三百里，送我归东都。

----

①自注：三堂在虢。　　②自注：申湖在陕。

旱热二首

彤云散不雨，赫日吁可畏。端坐犹挥汗，出门岂容易？忽思公府内，青衫折腰吏。复想驿路中，红尘走马使。征夫更辛苦，逐客弥憔悴。日入尚趋程，宵分不遑寐。安知北窗叟，偃卧风飒至？簟拂碧龙鳞，扇摇白鹤翅。岂唯身所得？兼示心无事。谁言苦热天？元有清凉地。

勃勃旱尘气，炎炎赤日光。飞禽飐将坠，行人渴欲狂。壮者不耐饥，饥火烧其肠。肥者不禁热，喘急汗如浆。此时方自语，老瘦亦何妨？肉轻足健逸，发少头清凉。薄食不饥渴，端居省衣裳。数匙粱饭冷，一领绡衫香。持此聊过日，焉知畏景长？

偶作二首

战马春放归，农牛冬歇息。何独徇名人，终身役心力？来者殊未已，去者不知还。我今悟已晚，六十方退闲。犹胜不悟者，老死红尘间。

名无高与卑，未得多健羡。事无小与大，已得多厌贱。如此常自苦，反此或自安。此理知甚易，此道行甚难。勿信人虚语，君当事上看。

自　在

杲杲冬日光，明暖真可爱。移榻向阳坐，拥裘仍解带。小奴捶我足，小婢搔我背。自问我为谁，胡然独安泰？安泰良有以，与君论梗概。心了事未了，饥寒迫于外。事了心未了，念虑煎于内。我今实多幸，事与心和会。内外及中间，了然无一碍。所以日阳中，向君言自在。

狂言示诸侄

世欺不识字，我忝攻文笔。世欺不得官，我忝居班秩。人老多病苦，我今幸无疾。人老多忧累，我今婚嫁毕。心安不移转，身泰无牵率。所以十年来，形神闲且逸。况当垂老岁，所要无多物。一裘暖过冬，一饭饱终日。勿言舍宅小，不过寝一室。何用鞍马多？不能骑两匹。如我优幸身，人中十有七。如我知足心，人中百无一。傍观愚亦见，当已贤多失。不敢论他人，狂言示诸侄。

饭后戏示弟子

吾为尔先生，尔为吾弟子。孔门有遗训，复坐吾告尔。先生馔酒食①，弟子服劳止。孝敬不在他，在兹而已矣。欲我少忧愁，欲我多欢喜，无如酤好酒，酒须多且旨。旨即宾可留，多即罍不耻②。吾更有一言，尔宜听入耳。人老多忧贫，人病多忧死。我今虽老病，所忧不在此。忧在半酣时，尊空座客起。

----

①《论语》："有酒食，先生馔。"　　②《诗经》："瓶之罄矣，惟罍之耻。"

梦上山[①]

夜梦上嵩山，独携藜杖出。千岩与万壑，游览皆周毕。梦中足不病，健似少年日。既悟神返初，依然旧形质。始知形神内，形病神无疾。形神两是幻，梦悟俱非实。昼行虽蹇涩，夜步颇安逸。昼夜既平分，其间何得失。

[①]自注：时足疾未平。

达哉乐天行

达哉达哉白乐天！分司东都十三年。七旬才满冠已挂，半禄未及车先悬[①]。或伴游客春行乐，或随山僧夜坐禅。二年忘却问家事，门庭多草厨少烟。庖童朝告盐米尽，侍婢暮诉衣裳穿。妻孥不悦甥侄闷，而我醉卧方陶然。起来与尔画生计，薄产处置有后先。先卖南坊十亩园，次卖东郭五顷田。然后兼卖所居宅，仿佛获缗二三千。半与尔充衣食费，半与吾供酒肉钱。吾今已年七十一，眼昏须白头风眩。但恐此钱用不尽，即先朝露归夜泉[②]。未归且住亦不恶，饥餐乐饮安稳眠。死生无可无不可，达哉达哉白乐天！

[①]挂冠、悬车：并致仕之意。　　[②]古诗："年命如朝露。"夜泉：谓夜庭九泉，均言地下也。

能 无 愧

　　十两新绵褐，披行暖似春。一团香絮枕，倚坐稳于人。婢仆遣他尝药酒，儿孙与我拂衣巾。回看左右能无愧？养活枯残废退身。

律　诗

题灵隐寺红辛夷花,戏酬光上人①

紫粉笔含尖火焰,红燕脂染小莲花。芳情香思知多少?恼得山僧悔出家。

----

①灵隐寺:在杭州西湖之西北灵隐山麓。

二月五日花下作

二月五日花如雪,五十二人头似霜。闻有酒时须笑乐,不关身事莫思量。羲和趁日沉西海,鬼伯驱人葬北邙。只有且来花下醉,从人笑道老颠狂。

湖中自照

重重照影看容鬓,不见朱颜见白丝。失却少年无觅处,泥他湖水欲何为。

余杭形胜

余杭形胜四方无，州傍青山县枕湖。绕郭荷花三十里，拂城松树一千株。梦儿亭古传名谢，教妓楼新道姓苏①。独有使君年太老，风光不称白髭须。

----

①自注：州西灵隐山上有梦谢亭，即是杜明浦梦谢灵运之所，因名"客儿"也。苏小小，本钱塘妓也。

悲　歌

白头新洗镜新磨，老逼身来不奈何！耳里频闻故人死，眼前唯觉少年多。塞鸿遇暖犹回翅，江水因潮亦返波。独有衰颜留不得，醉来无计但悲歌。

饮后夜醒

黄昏饮散归来卧，夜半人扶强起行。枕上酒容和睡醒，楼前海月伴潮生。将归梁燕还重宿，欲灭窗灯复却明。直至晓来犹妄想，耳中如有管弦声。

代卖薪女赠诸妓

乱蓬为鬓布为巾，晓蹋寒山自负薪。一种钱塘江畔女，着红骑马是何人?

早　冬

　　十月江南天气好，可怜冬景似春华。霜经未杀萋萋草，日暖初干漠漠沙。老柘叶黄如嫩树，寒樱枝白是狂花。此时却羡闲人醉，五马①无由入酒家。

----

　　①见《马上作》注⑦。

与诸客携酒寻去年梅花有感

　　马上同携今日杯，湖边共觅去春梅。年年只是人空老，处处何曾花不开? 诗思又牵吟咏发，酒酣闲唤管弦来。樽前百事皆依旧，点检惟无薛秀才①。

----

　　①自注: 去年与薛景文同赏，今年长逝。

春题湖上

　　湖上春来似画图，乱峰围绕水平铺。松排山面千重翠，月点波心一颗珠。碧毯线头抽早稻，青罗裙带展新蒲。未能抛得杭州去，一半勾留是此湖。

自　叹

宴游寝食渐无味，杯酒管弦徒绕身。宾客欢娱童仆饱，始知官职为他人。

同诸客携酒早看樱桃花

晓报樱桃发，春携酒客过。绿饧粘盏杓，红雪压枝柯。天色晴明少，人生事故多。停杯替花语，不醉拟如何？

柳　絮

三月尽时头白日，与春老别更依依。凭莺为向杨花道，绊惹春风莫放归。

病中书事

三载卧山城，闲知节物情。莺多过春语，蝉不待秋鸣。气嗽因寒发，风痰欲雨生。病身无所用，唯解卜阴晴。

西湖留别

征途行色惨风烟，祖帐离声咽管弦。翠黛不须留五马，皇恩只许住三年。绿藤阴下铺歌席，红藕花中泊妓船。处处回头尽堪恋，就中难别是湖边。

汴河路有感

三十年前路①，孤舟重往还。绕身新眷属，举目旧乡关。事去唯留水，人非但见山。啼襟与愁鬓，此日两成斑。

----

①汪立名云：长庆二年，公以中书舍人除杭州刺史。《谢表》云："汴路未通，取襄阳路赴任，水陆七千余里。"然则汴河路犹属贞元未应制策以前所经，故曰"三十年前路"也。

埇桥旧业

别业埇城北，抛来二十春。改移新径路，变换旧村邻。有税田畴薄，无官弟侄贫。田园何用问？强半属他人。

茅 城 驿

汴河无景思，秋日又凄凄。地薄桑麻瘦，村贫屋舍低。早苗多间草，浊水半和泥。最是萧条处，茅城驿向西。

河阴①夜泊忆微之

忆君我正泊行舟，望我君应上郡楼。万里月明同此夜，黄河东面海西头。

----

①河阴：县名，唐置，属河南。

杭州回舫

自别钱塘山水后，不多饮酒懒吟诗。欲将此意凭回棹，与报西湖风月知。

卧　疾

闲官卧疾绝经过，居处萧条近洛河。水北水南秋月夜，管弦声少杵声多。

闲出觅春戏赠诸郎君

年来数出觅风光，亦不全闲亦不忙。放鞚体安骑稳马，隔袍身暖照晴阳。迎春日日添诗思，送老时时放酒狂。除却髭须白一色，其余未伏少年郎。

春　老

欲随年少强游春，自觉风光不属身。歌舞屏风花障上，几时曾画白头人？

洛城东花下作

记得旧诗章，花多数洛阳①。及逢枝似雪，已是鬓成霜。向后光阴促，从前事意忙。无因重年少，何计驻时芳？欲送愁离面，须倾酒入肠。白头无藉在，醉倒亦何妨？

----

①自注：旧诗云："洛阳城东面，今来花似雪。"又云："更待城东桃李发。"又云："花满洛阳城。"

除苏州刺史，别洛城东花

乱雪千花落，新丝两鬓生。老除吴郡守，春别洛阳城。江上今重去，城东更一行。别花何用伴？劝酒有残莺。

自　咏

形容瘦薄诗情苦，岂是人间有相人？只合一生眠白屋①，何因三度拥朱轮？金章未佩虽非贵，银榼常携亦不贫。唯是无儿头早白，被天磨折恰平均。

----

①《汉书·萧望之传》："非周公躬吐握之礼，致白屋之意。"注："白屋，贱人所居也。"

答客问杭州

为我踟蹰停酒盏，与君约略说杭州。山名天竺堆青黛，
湖号钱塘泻绿油。大屋檐多装雁齿，小航船亦画龙头。所嗟
水路无三百①，官系何因得再游？

----

①诗在苏州任作，故曰水路无三百。

故 衫

暗淡绯衫称老身，半披半曳出朱门。袖中吴郡新诗本，
襟上杭州旧酒痕。残色过梅看向尽，故香因洗黦犹存。曾经
烂漫三年著，欲弃空箱似少恩。

偶 作

红杏初生叶，青梅已缀枝。阑珊花落后，寂寞酒醒时。
坐恨低眉久，行慵举足迟。少年君莫怪，头白自应知。

自 喜

自喜天教我少缘，家徒行计两翩翩。身兼妻子都三口，
鹤与琴书共一船。童仆减来无冗食，资粮算外有余钱。携将
贮作丘中费，犹免饥寒得数年。

喜 罢 郡

　　五年两郡亦堪嗟，偷出游山走看花。自此光阴为己有，从前日月属官家。尊前免被催迎使，枕上休闻报坐衙。睡到午时欢到夜，回看官职是泥沙。

忆洛中所居

　　忽忆东都宅，春来事宛然。雪销行径里，水上卧房前。厌绿栽黄竹，嫌红种白莲。醉教莺送酒，闲遣鹤看船。幸是林园主，惭为食禄牵。宦情薄似纸，乡思急于弦。岂合姑苏守？归休更待年。

想归田园

　　恋他朝市求何事？想取丘园乐此身。千首恶诗吟过日，一壶好酒醉消春。归乡年亦非全老，罢郡家仍未苦贫。快活不知如我者，人间能有几多人？

登宝应台北望

　　临高始见人寰小，对远方知色界空。回首却归朝市去，一稊米落太仓中①。

①《庄子》："计中国之在海内，不似稊米之在太仓乎？"稊：小米也。

忆庐山旧隐及洛下新居

形骸俛俛①班行内，骨肉勾留俸禄中。无奈攀缘随手长，亦知恩爱到头空。草堂久闲庐山下，竹院新抛洛水东。自是未能归去得，世间谁要白须翁？

①俛俛（mǐn miǎn）：同"黾勉"。勉力。

洛下诸客就宅相送偶题西亭

几榻临池坐，轩车冒雪过。交亲致杯酒，童仆解笙歌。流岁行将晚，浮荣得几多？林泉应问我，不住意如何？

答 林 泉

好住旧林泉，回头一怅然。渐知吾潦倒，深愧尔留连。欲作栖云计，须营种黍钱。更容求一郡，不得亦归田。

对酒五首

巧拙贤愚相是非，何如一醉尽忘机①？君知天地中宽窄，雕鹗鸾皇各自飞。

----

　①忘机：言与世无争，心无机械也。

　蜗牛角上争何事？石火①光中寄此身。随富随贫且欢乐，不开口笑②是痴人。

----

　①石火：谓击石所发之火，旋燃旋灭也。《刘子新论》："人之短生，犹如石火，炯然以过。"　②开口笑，见前《喜友至留宿》注①。

　丹砂见火去无迹，白发泥人来不休。赖有酒仙相暖热，松乔①醉即到前头。

----

　①松乔：赤松子、王子乔，皆古仙人名。

　百岁无多时壮健，一春能几日晴明？相逢且莫推辞醉，听唱《阳关》第四声①。

----

　①《阳关》：曲名。自注：第四声："劝君更尽一杯酒，西出阳关无故人。"

　昨日低眉问疾来，今朝收泪吊人回。眼前流例君看取，且遣琵琶送一杯。

洛 阳 春

洛阳陌上春常在，昔别今来二十年。唯觅少年心不得，其余万事尽依然。

早出晚归

早起或因携酒出，晚归多是看花回。若抛风景长闲坐，自问东京作底来？

哭 崔 儿

掌珠一颗儿三岁，鬓雪千茎父六旬。岂料汝先为异物，常忧吾不见成人。悲肠自断非因剑，啼眼加昏不是尘。怀抱又空天默默，依然重作邓攸身①。

----

①《晋书·邓攸传》："邓攸，字伯道……'为全弟子弃儿'，卒以无嗣。时人义而哀之，为之语曰：'天道无知，使邓伯道无儿。'"

何处春先到

何处春先到？桥东水北亭。冻花开未得，冷酒酌难醒。就日移轻榻，遮风展小屏。不劳人劝醉，莺语渐丁宁。

小 桥 柳

细水涓涓似泪流，日西惆怅小桥头。衰杨叶尽空枝在，犹被霜风吹不休。

哭微之二首

八月凉风吹白幕，寝门廊下哭微之。妻孥朋友来相吊，唯道皇天无所知。

文章卓荦生无敌，风骨英灵殁有神。哭送咸阳北原上，可能随例作灰尘？

雪夜喜李郎中见访兼酬所赠

可怜今夜鹅毛雪，引得高情鹤氅人。红蜡烛前明似昼，青毡帐里暖如春。十分满盏黄金液，一尺中庭白玉尘。对此欲留君便宿，诗情酒分合相亲。

任 老

不愁陌上春光尽，亦任庭前日影斜。面黑眼昏头雪白，老应无可更增加。

劝　欢

　　火急欢娱切勿迟，眼前老病悔难追。樽前花下歌筵里，会有求来不得时。

过元家履信宅

　　鸡犬丧家分散后，园林失主寂寥时。落花不语空辞树，流水无情自入池。风荡宴船初破漏，雨淋歌阁欲倾敧。前庭后院伤心事，唯是春风秋月知。

不　出

　　檐前新叶覆残花，席上余杯对早茶。好是老身消日处，谁能骑马傍人家？

惜落花

　　夜来风雨急，无复旧花林。枝上三分落，园中一寸深。日斜啼鸟思，春尽老人心。莫怪添杯饮，情多酒不禁。

元相公①挽歌词三首

铭旌官重威仪盛，骑吹声繁卤簿②长。后魏③帝孙唐宰相，六年七月葬咸阳。

----

①元相公：元稹也。　　②卤簿：仪仗也。　　③北朝后魏，本拓拔氏，传至孝文帝，改姓元氏，故又称元魏。

墓门已闭箫筛去，唯有夫人哭不休。苍苍露草咸阳垄，此是千秋第一秋。

送葬万人皆惨淡，反虞①驷马亦悲鸣。琴书剑佩谁收拾？三岁遗孤新学行。

----

①既葬而祭曰"虞"。《礼记》："岂速反而虞乎？"

五凤楼①晚望

晴阳晚景湿烟消，五凤楼高天沉潦②。野绿全经朝雨洗，林红半被暮云烧。龙门③翠黛眉相对，伊水黄金线一条。自入秋来风景好，就中最好是今朝。

----

①五凤楼：在洛阳。《五代史·罗绍威传》："〔梁〕太祖将都洛阳，绍威取魏良材建五凤楼。"　　②沉潦（jué liáo）：空虚

也。《楚辞》："沈潦兮天高而气清。"　　③龙门：山名，即伊阙，在河南洛阳南。

送　客

病上篮舆相送来，衰容秋思两悠哉。凉风袅袅吹槐子，却请行人勒一杯。

题周家歌者

清紧如敲玉，深圆似转簧。一声肠一断，能有几多肠？

赠 同 座

春黛双蛾敛，秋蓬两鬓侵。谋欢身太晚，恨老意弥深。薄解灯前舞，尤能酒后吟。花丛便不入，犹自未甘心。

衰　荷

白露凋花花不残，凉风吹叶叶初干。无人解爱萧条境，更绕衰丛一匝看。

答梦得秋日书怀见寄

幸免非常病，甘当本分衰。眼昏灯最觉，腰瘦带先知。

树叶霜红日，髭须雪白时。悲愁缘欲老，老过却无悲。

菩提寺①上方晚眺

楼阁高低树浅深，山光水色暝沉沉。嵩烟半卷青绡幕，伊浪平铺绿绮衾。飞鸟灭时宜极目，远风来处好开襟。谁知不离簪缨内，长得逍遥自在心？

----

①长安有菩提寺，在平康坊南门之东。玩诗意此菩提寺当在洛阳。

杨柳枝词①八首

《六幺》《水调》家家唱，《白雪》《梅花》处处②吹。古歌旧曲君休听，听取新翻《杨柳枝》。

----

①《本事诗》曰："白尚书有妓樊素善歌，小蛮善舞。尝为诗曰：'樱桃樊素口，杨柳小蛮腰。'年既高迈，而小蛮方丰艳，乃作《杨柳枝辞》以托意，曰：'永丰西角荒园里，尽日无人属阿谁？'"按此《杨柳枝词》另为二首。　②《六幺》：见前《琵琶行》注。《水调》：曲调名，隋炀帝造。《白雪》：琴曲名，一名《阳春白雪曲》。《梅花》：即《梅花落》，汉横吹曲名。

陶令门前四五树，亚夫营里百千条①。何似东都正二月，黄金枝映洛阳桥②?

----

①陶令:陶潜,字渊明,号五柳先生。汉周亚夫为将军,军细柳以备胡,世称细柳营。细柳在今陕西咸阳西南。
②洛阳桥:即天津桥。见《和友人洛中春感》诗注②。

依依袅袅复青青,勾引春风无限情。白雪花繁空扑地,绿丝条弱不胜莺。

红版江桥青酒旗,馆娃宫①暖日斜时。可怜雨歇东风送,万树千条各自垂。

----

①见《题灵岩寺诗》注①。

苏州杨柳任君夸,更有钱塘胜馆娃。若解多情寻小小,绿杨深处是苏家①。

----

①见《余杭形胜》注①。

苏家小女旧知名,杨柳风前别有情。剥条盘作银环样,卷叶吹为玉笛声。

叶含浓露如啼眼,枝袅轻风似舞腰。小树不禁攀折苦,乞君留取两三条。

人言柳叶似愁眉，更有愁肠似柳丝。柳丝挽断肠牵断，彼此应无续得期。

浪淘沙词六首

一泊沙来一泊去，一重浪灭一重生。相搅相淘无歇日，会教山海一时平。

白浪茫茫与海连，平沙浩浩四无边。朝去暮来淘不住，遂令东海变桑田①。

----

①《神仙传》："麻姑谓王方平曰：'接侍以来，已见东海三为桑田矣。问到蓬莱，水浅于往略半也，东海行复扬尘乎？'"

青草湖①中万里程，黄梅雨里一人行。愁见滩头夜泊处，风翻暗浪打船声。

----

①青草湖：在湖南湘阴北。

借问江潮与海水，何似君情与妾心？相恨不如潮有信，相思始觉海非深。

海底飞尘终有日①，山头化石②岂无时？谁道小郎抛小妇，船头一去没回期？

①见第二首注①。　　②《幽明录》："武昌北山上有望夫石，状若人立。古传云：昔有贞妇，其夫从役，远赴国难，饯送此山，立望夫而化为立石，因名焉。"

随波逐浪到天涯，迁客生还有几家？却到帝乡重富贵，请君莫忘浪淘沙。

送姚杭州赴任,因思旧游二首

与君细话杭州事，为我留心莫等闲。闾里固宜勤抚恤，楼台亦要数跻攀。笙歌缥缈虚空里，风月依稀梦想间。且喜诗人重管领，遥飞一盏贺山江。

渺渺钱塘路几千，想君到后事依然。静逢竺寺猿偷橘，闲看苏家女采莲。故妓数人凭问讯，新诗两首倩留传。舍人①虽健无多兴，老校当时八九年。

①自注：杭州人至今呼余为白舍人。

寄李相公

渐老只谋欢，虽贫不要官。唯求造化力，试为驻春看。

冬日平泉^①路晚归

山路难行日易斜，烟村霜树欲栖鸦。夜归不到应闲事，热饮三杯即是家。

----

①平泉：庄名，在洛阳孙南，周四十里，唐李德裕别墅也。

往年稠桑^①曾丧白马，题诗厅壁，今来尚存，又复感怀，更题绝句

路傍埋骨蒿草合，壁上题诗尘藓生。马死七年犹怅望，自知无乃太多情。

----

①稠桑：驿名，在今河南灵宝西。

叹春风:兼赠李二十侍郎二绝

树根雪尽催花发，池岸冰消放草生。唯有须霜依旧白，春风于我独无情。

道场斋戒今初毕，酒伴欢娱久不同。不把一杯来劝我，无情亦得似春风。

三月三日

　　画堂三月初三日，絮扑窗纱燕拂檐。莲子数杯尝冷酒，《柘枝》①一曲试春衫。阶临池面胜看镜，户映花蕠当下帘。指点楼南玩新月，玉钩素手两纤纤。

----

　　①《柘枝》：舞曲名。《乐苑》曰：“羽调有《柘枝曲》，商调有《屈柘枝》。此舞因曲为名，用二女童，帽拖金铃，抃转有声。其来也，于二莲花中藏，花坼而后见，对舞相占，实舞中雅妙者也。”

令公①南庄，花柳正盛，欲偷一赏，先寄二篇

　　最忆楼花千万朵，偏怜堤柳两三株。拟提社酒携村妓，擅入朱门莫怪无②。

----

　　①见《看恽家牡丹》注①。　　②自注：映楼桃花，拂堤垂柳，庄上最胜绝处，故举以为对。

　　可惜亭台闲度日，欲偷风景暂游春。只愁花里莺饶舌，飞入宫城报主人。

春夜宴席上戏赠裴淄州

九十不衰真地仙①,六旬犹健亦天怜②。今年相遇莺花月,此夜同欢歌酒筵。四座齐声和丝竹,两家随分斗金钿。留君到晓无他意,图向君前作少年。

----

　　①自注:裴年九十,不衰羸。　　②自注:予自谓也。

喜小楼西新柳抽条

一行弱柳前年种,数尺柔条今日新。渐欲拂他骑马客,未多遮得上楼人。须教碧玉羞眉黛,莫与红桃作曲尘。为报金堤千万树,饶伊未敢苦争春。

宅西有流水,墙下构小楼:临玩之时,颇有幽趣。因命歌酒,聊以自娱,独醉独吟,偶题五绝句

伊水分来不自由,无人解爱为谁流?家家抛向墙根底,唯我栽莲起小楼。

水色波文何所似?曲尘罗带一条斜。莫言罗带春无主,自置楼来属白家。

日澱水光摇素壁，风飘树影拂朱阑。皆言此处宜弦管，试奏《霓裳》一曲看。

《霓裳》试罢唱《梁州》①，红袖斜翻翠黛愁。应是遥闻胜近听，行人欲过尽回头。

---

①梁州：曲名，本作《凉州》，西凉所献也。后人误作《梁州》。

独醉还须得歌舞，自娱何必要亲宾？当是一部清商乐①，亦不长将乐外人。

---

①《乐府诗集》曰："清商乐，一曰清乐。清乐者，九代之遗声，其始即相和三调是也。并汉魏已来旧曲……江左所传旧曲……及江南吴歌，荆楚西声，总谓之清商乐。"

与梦得沽酒闲饮，且约后期

少时犹不忧生计，老后谁能惜酒钱？共把十千酤一斗①，相看七十欠三年。闲征雅命穷经史，醉听清吟胜管弦。更待菊黄家酝熟，共君一醉一陶然。

---

①曹植《名都篇》："归来宴平乐，美酒斗十千。"

杪秋独夜

无限少年非我伴，可怜清夜与谁同？欢娱牢落中心少，亲故凋零四面空。红叶树飘风起后，白须人立月明中。前头更有萧条物，老菊衰兰三两丛。

病中五绝句

世间生老病相随，此事心中久自知。今日行年将七十，犹须惭愧病来迟。

方寸成灰鬓作丝，假如强健亦何为？家无忧累身无事，正是安闲好病时。

李君墓上松应拱，元相池头竹尽枯。多幸乐天今始病，不知合要苦治无①？

----

①自注：李元昔，予执友也。杓直少予八岁，即世已九年。微之少予七年，薨已八年矣。今予始病，得非幸乎？

目昏思寝即安眠，足软妨行便坐禅。身作医王①心是药，不劳和扁②到门前。

----

①《法华经》："歌师名医王，行佛令，来与众生治心病，

能使迷者醒，狂者定，垢者净，邪者正，凡者圣。"　　②和扁：
医和，春秋时良医；扁鹊：战国时医学家。

交亲不要苦相忧，亦拟时时强出游。但有心情何用脚？
陆乘肩舆水乘舟。

卖骆马①

五年花下醉骑行，临卖回头嘶一声。项籍顾骓犹解叹②，
乐天别骆岂无情？

----

①《病中诗》十五首之一。《不能忘情吟序》云："……马
有骆者……乘之亦有年……将鬻之，圉人牵马出门，马骧首反
顾一鸣，声音间似知去而旋恋者。"　　②《史记·项羽本记》：
"项王军垓下……夜闻汉军四面皆楚歌……则夜起饮帐中。有美
人名虞，常幸从；骏马名骓，常骑之。于是项王乃悲歌慷慨，
自为诗曰：力拔出兮气盖世，时不利兮骓不逝！骓不逝兮可奈
何！虞兮虞兮奈若何！"项王泣数行下。

别柳枝①

两枝杨柳小楼中，袅娜多年伴醉翁。明日放归归去后，
世间应不要春风。

----

①亦《病中诗》十五首之一。《不能忘情吟序》云：妓有

樊素者……善唱《杨枝》,人多以曲名名之。是柳枝专指樊素。《去岁楼中别柳枝》诗自序云:"樊蛮也。"知二妓皆以柳枝目之。

病入新正

枕上惊新岁,花开念旧欢。是身老所逼,非意病相干。风月情犹在,杯觞兴渐阑。便休心未伏,更试一春看。

春晚咏怀:赠皇甫朗之

艳阳时节又蹉跎,迟暮光阴复若何?一岁中分春日少,百年通计老时多。多中更被愁牵引,少里兼遭病折磨。赖有销忧治闷药,家君酝酎我狂歌。

春尽日宴罢感事独吟①

五年三月今朝尽,客散筵空独掩扉。病共乐天相伴住,春随樊素一时归。闲听莺语移时立,思逐杨花触处飞。金带缊腰衫委地,年年衰瘦不胜衣。

----

①自注:开成五年三月三十日作。

前有《别柳枝》绝句,梦得继和云:"春尽絮飞留不得,随风好去落谁家?"又复戏答

柳有春深日又斜,任他飞向别人家。谁能更学孩童戏,寻逐春风捉柳花!

早入皇城赠王留守仆射

津桥残月晓沉沉,风露凄清禁署深。城柳宫槐谩摇落,悲愁不到贵人心。

寄题庐山旧草堂,兼呈二林寺道侣

三十年前草堂主,而今虽在鬓如丝。登山寻水应无力,不似江州司马时。渐伏酒魔休放醉,犹残口业未抛诗。君行过到炉峰下,为报东林长老知①。

----

①自注:此诗凭钱知进侍御往题草堂中也。

自戏三绝句①

心问身

心问身云何泰然?严冬暖被日高眠。放君快活知恩否?

不早朝来十一年。

- -

①自注：闲卧独吟，无人酬和，聊假身心，往复偶成三章。

身报心

心是身王身是宫，君今居在我宫中。是君家舍君须爱，何事论恩自说功？

心重答身

因我疏慵休罢早，遣君安乐岁时多。世间老苦人何限，不放君闲奈我何？